# 勘違いの工房主《アトリエマイスター》

Kanchigai no ATELIER MEISTER

英雄パーティの元雑用係が、実は戦闘以外がSSSランクだったというよくある話

10

時野洋輔

Tokino Yousuke

ILLUSTRATION

ゾウノセ

登場人物紹介
ミレ
旧世界で暮らすハンター。
偶然クルトを助け、彼らの
調査に巻き込まれることに。
クルト・ロックハンス
本人は無自覚だが、戦闘以外の
適性ランクが全てSSSという超天才。
世界を救っても、相変わらず自分が
工房主《アトリエマイスター》代理だと勘違いしたまま。

ダンゾウ
シーナ
カンス
ユーリシア
クルトの工房に所属する元王家直属冒険者。常識人に見えて暴走しがち。
リーゼロッテ・ホムーロス
ホムーロス王国の第三王女。自身を呪いから救ったクルトに惚れこみ、王女の座を捨て彼と共に行動する。
アクリ
クルトとユーリシア、リーゼロッテたち三人の娘。その正体は時の大精霊にして大賢者。

# プロローグ

邪素吸着《じゃそきゅうちゃく》マスク越しに入ってくる空気を吸いながら、私――ミレは川辺に落ちている石を拾った。

短剣を取り出し、その石についた苔《こけ》を削《けず》り取り、マスクの内側に手を入れて食べる。

そして、忌々《いまいま》しく思いながら川辺に溜まっている水を見た。

いつもより澄《す》んでいる水面が、私の顔を映し出している。

切りそろえられた黒い髪《かみ》に、鋭《するど》い目つき。唯一、アクセサリーと呼べるものは髪飾りに使っている音の鳴らない鈴《すず》くらいで、女らしさなんて一切感じられない。

当たり前の話だが、鼻から下の部分は邪素吸着マスク――空気中の邪素を体に取り込まないようにするためのマスクで覆《おお》われて隠れている。

「はぁ……」

目の前には美味《おい》しそうな水があるというのに、これを飲むことは許されない。

水筒《すいとう》の水は残り僅《わず》かなので取っておきたい。

私は別の石を拾い、苔を削り、マスクの内側に手を入れて食べる。

これでも十分に水分は補給できるのだが、短剣で削るのにも、消化するのにも体力を消費するため、非常に効率が悪い。

なにより美味しくない。

ぴりっと舌を刺《さ》す辛味も慣れると悪くはないのだが、飲み込む時に押し寄せてくる苦味に私は顔を顰《しか》めた。

早く居住区に戻って、浴びるほど水を飲みたいものだ。

そのためにも、早く目標を見つけないといけない。

私は川辺を離れ、荒野を進む。

草一本生えない荒れ果てた大地、普通の生物ならば数日すらも生きていけぬ地。

それは人ですら例外ではない。

だが、普通ではない生物は存在する。

「いたわ」

私は岩陰から、目標を見る。

種族名はワイルドボア——猪《いのしし》型の魔物だ。

これ以上は近付けない。

隠れる場所がないからだ。

息を殺し、気配を消し、私は岩にピッケルを二箇所打ち込んだ。

音が荒野に響く。

ワイルドボアが音に気付き、周囲を見回す。しかし幸いなことに、風下《かざしも》にいる私には気付いていない。

私はクロスボウを構え、ワイルドボアがこちらに背を向けた瞬間に矢を放った。

――刺さった！

矢はしっかりワイルドボアの臀部《でんぶ》に刺さっていた。

ワイルドボアが思わぬ攻撃に走り出す。

当然、こちらに背を向けていたわけだから、逃げ出すのは私がいる場所とは逆の方向だ。

このままだと逃げられる。

だが、矢には細く丈夫なワイヤーが二本ついていた。その先は、私が先ほど打ち付けたピッケルに固く結ばれている。矢も深く刺さり、抜ける様子はない。

私が隠れている場所にまで、ワイルドボアの咆哮《ほうこう》が聞こえてきた。

痛みによるものか、それとも怒りによるものかは私にはわからないし、わかる必要もない。

私がすることは、ただ逃げられる前に殺すだけ。

私は前に向かって走った。

逃げられないと悟《さと》ったワイルドボアは、私に気付くとこちらに向かって駆《か》け出した。

戦う気だ。

居住区にいる農耕馬《のうこうば》よりも遥《はる》かに速い。

私は横に跳《と》び躱《かわ》すとワイルドボアは速度を緩《ゆる》めて旋回《せんかい》しようとするが、速度が緩んだそのタイミングで、私は足下のワイヤーを引っ張る。

ワイヤーがワイルドボアの身体に食い込み、血が噴《ふ》き出す。私も手袋をしていなければ、両手の指が千切れていただろう。

しかしワイルドボアは傷つきながらもこちらを見据え突撃する。

だが、その速度は明らかに落ちてきた。

私は今度は横に躱すのではなく、上に跳んだ。

体を捻《ひね》って、ワイルドボアの背に乗り移ると、短剣を抜き、首の部分に突き刺した。

ワイルドボアは最後の抵抗にと暴れるも、その行為が寿命《じゅみょう》をさらに縮める。

徐々に暴れる力が失われていき、最後には動かなくなった。

「ふぅ……」

なんとか怪我せず倒すことができた。

私は一安心するも、気を緩めたのは束《つか》の間。

道具を使ってピッケルを抜き、ワイヤーについた血を拭《ぬぐ》い取り、矢と一緒に回収する。

ワイヤー付きの矢は便利だけど、一度使うと再度使えるようにするために時間がかかるのが厄介《やっかい》。

慌てて回収すれば絡まるからなおさらだ。

その点、短剣はいい。

手入れは必要だが、連続で使えるし、なにより嵩張《かさば》らない。

お金が溜まれば、もう少し切れ味がいい物を手に入れたいが、ハンターの中でも特に地位が低い食糧調達ハンターのままだと、日々の生活で精一杯だ。

ただ、いま仕事をしなければ、その日々の生活すらままならなくなる。

私は気持ちを切り替え、ワイルドボアの解体を始める。

ここでするのは、血抜きと内臓を取り出すくらいの簡易なものだが、それでも体力を使う。

喉が渇いてきた。

さっき採取した苔を食べるか、それとも残り少ない水を飲むかと考えながら、結局どちらも選ばずに内臓を取り出す。

内臓は保存が利かないので焼いて食べようかと思った、その時だった。

私は気配が近付くのに気付いた。

まさか、ワイルドボアに仲間が？　と思ったが違う。

気配は上空から感じたからだ。

「ワイバーンっ⁉」

ワイバーンとは、巨大な翼《つばさ》を持つトカゲのような亜竜だ。魔物とは違うらしいけれど、人間の天敵という点では同じことだ。

もしかして、血の臭いに気付いて――と思ったが、どうやらこの上空を通り過ぎるだけのようだ。

「え？」

しかし私は思わず声を上げた。

ワイバーンが何か――おそらくは人間を鷲掴《わしづか》みにしていたからだ。

ここからだと男性か女性かもわからないが、何やら抵抗しているし、生きているのだけはわかる。

どうやら短剣を抜き出し、ワイバーンの足を刺そうとしているようだが……え？

慌てて混乱したのか、掴んでいるワイバーンの足ではなく、自分の肩を剣で刺していた。

三度目の正直ということもあり、その人物は三度目の攻撃でなんとかワイバーンの前脚に短剣を突き刺していた――直後に短剣を落としてしまったけど。

すると、ワイバーンがその人物を掴んでいたその前足を開いた。

って、あんなところから落ちたら死ぬ！

受け止めようかと一瞬脳裏《のうり》をよぎったが、助けるどころか巻き込まれて死ぬだけだ。

だが突然、落下してくる人が、鞄《かばん》から布のようなものを取り出したかと思うと、その布が広がり、空気を受け止め始めた。

「落下傘《らっかさん》!?」

思わず叫《さけ》ぶ。

古代、鉄の船が空を飛んでいたという時代に上空から落下するために布で作られた落下傘と呼ばれるものがあった、という伝承がある。そのようなものが実在するとは思わなかった。

しかも落下傘は最初から鞄の中に入っていたのではなく、落下中に作られていた。

何を言っているんだ？　って思われるかもしれない話だけど、事実だ。

落ちてくる人間が取り出したのは、あくまで布と紐《ひも》と糸であり、落ちてくる僅かの間にそれを体に括《くく》って縫《ぬ》って纏《まと》めて落下傘に仕上げていたのだ。

さっき、ワイバーンを刺そうとして自分の肩を刺したり短剣を落としたりした人物と同じとは思えない。

このまま降りてくるのかと思いきや、ワイバーンが旋回して戻ってきて、落下傘を鋭い爪で切り裂《さ》いた。

そのせいで落下速度が一気に増し、地面に激突した。

ワイバーンは私に気付いたのか、それ以上は追撃せずに飛び去っていく。

ワイバーンは強いけれど臆病《おくびょう》な性格でもある。二対一になることを恐れたのかもしれない。

そして、落ちてきた人物を見る。

「生きてる……のかしら」

よほど打ちどころが悪くなければ死ぬような高さではなかったが、ピクリとも動いていない。

と思ったら、僅かに動いた。

どうやら生きているようだ。

私は背後のワイルドボアの死体を見て――狙ってくる他の魔物がいないことを確認すると、その人物に近付く。

「男の子……よね。でも……」

倒れていたのは銀色の髪の、十五、六歳くらいの少年だった。見たことがないので、他の居住区の者だろう。

そして驚くことに、彼は邪素吸着マスクを着けていなかった。

ワイバーンに捕まっていた時に落としたのだろうか？

一応予備のマスクを持っているけれど――

「かわ……いい……」

女である私より可愛らしい少年だ。

邪素吸着マスクで顔を隠すのが勿体《もったい》なく思えるが、そんなことを言っていられないので予備のマスクを着けてあげる。

どうやら頭を打っているようだが、命に別状はなさそうだ。

私は彼を担いでワイルドボアの側に戻り、持ってきていた炭と火打石で火を熾《おこ》し、ワイルドボアの内臓を短剣に突き刺して焼く。

「ん……あれ……」

匂いにつられたのか、少年が目を覚ます。

「あれ？　僕は――」

「大丈夫？　ワイバーンに捕まってたのよ」

「ワイバーンに……？　お姉さんが助けてくれたんですか？」

「落下傘のこと、覚えてないの？」

「ラッカさん？　誰ですか？」

「その布よ」

私は回収しておいた落下傘を指差すが、少年はキョトンとした顔でそれを見ていた。

もしかして頭を打ったショックで記憶を失ったのだろうか？

いや、そもそも、この布のことを落下傘と呼ぶことを知らなかったみたいだ。「これ、落下傘って呼ばれてるんですか」と言っているし。

「あなた、どこの居住区から来たの？」

「あ……えぇと」

「言えないの？」

――この子、たぶん追放者だ。

追放者というのは、住んでいる居住区から何かしらの理由で追放された人間のことだ。

犯罪者はもちろんだが、口減らしのために居住区から追放されることもある。

見た目は純粋無垢《じゅんしんむく》な少年という感じで犯罪なんてできなさそうだし、やっぱり後者だろうか？

「あの、このマスクはなんですか？」

「邪素吸着マスクよ。知らないの？」

「邪素吸着……邪素をくっつけて体内への侵入を防ぐ道具でしょうか」

「ええ、そうよ」

この世界は二つの理由で死んでいる。

一つ目の原因は、空に浮かぶ黒い雲である。

あれによってばら撒《ま》かれる邪素は、少量ならば問題ないが、多量に吸い込むと死に至る恐ろしいものだ。

川の水も湖の水も邪素によって汚染され、人間は飲むことも許されない。

もっとも、その邪素がなければ、私たち人間は生き残ることができなかったのだから、皮肉である。

邪素吸着マスクは、空気中の邪素を吸着し、こうして邪素に満ちた世界でも生きることが許される。

「お肉食べる？　内臓、一人じゃ処理しきれないから」

「あ、すみません。任せてしまって。準備手伝います」

少年はそう言うと、鞄の中から薄《うす》い鍋を取り出した。

この子、追放されたのに悠長《ゆうちょう》に鍋なんて持ち歩いているの？

「あれ？　僕の短剣――」

「あぁ、それなら落ちてたから回収しておいたわよ」

私はそう言って短剣を返すと、彼は「ありがとうございます」とマスク越しでもわかる笑顔で言う。

鉄製の短剣だけれども、明らかに名匠《めいしょう》の逸品《いっぴん》で、正直、これを自分のものにできなかったことは残念に思っている。

命を助けたお礼に貰えばよかったかと、少し後悔して目を閉じた。

視界が瞼《まぶた》によって遮《さえぎ》られた直後、これまで嗅《か》いだことのない匂いが鼻腔《びくう》に押し寄せてきた。

「準備ができました」

「……え？」

気付けば、少年の持っている底の薄い鍋には焼け上がった肉が、ご丁寧《ていねい》なことに鉄串《てつぐし》に刺さった状態で置かれていた。いつの間に鉄串を用意したのかわからない。

そもそも、焼き上がるのが一瞬すぎる。

（なに？　あの鍋、遺物《いぶつ》？）

遺物というのは、かつて天上の世界に去った人々が残した、凄《すさ》まじい力を秘めた道具のことだ。

それにしても、不思議――肉を焼いただけにしては香ばしい香りが。

と少年の傍《かたわ》らに置かれている小さな実の入っている瓶《びん》に目が移る。

「それは？」

「胡椒《こしょう》です」

「胡椒ってっ⁉」

胡椒といえば、輸送隊《キャラバン》が極稀に運んでくる香辛料で、その価格はその瓶一本で私の稼《かせ》ぎの何カ月分にも相当する。

そのような貴重な物を持ち歩いているなんて。

よく見れば、胡椒だけでなく岩塩も使っているようだ。

「あの、もしかして胡椒お嫌いでした？」

「いや、食べたことがなくて……って、私も食べていいの？」

「ええ、もちろんです」

マスク越しでもわかる柔和《にゅうわ》な笑みを浮かべ、彼は串を一本私に渡してくれた。

口に含んだ瞬間、内臓の持つ肉の旨味と甘味が一気に口の中に広がる。塩、胡椒の効果もあるが、焼き加減も完璧だ。

「はい、お水どうぞ」

少年が水袋を私に差し出す。

「いいの？　水まで貰って」

「はい。魔素——じゃなくて、邪素は入ってませんから。僕もお肉分けてもらいましたし」

彼はそう言って水の入っている袋を私に渡した。

念のため、指に一滴《いってき》垂らしてスキルを使う。

「《鑑定》」

青く光った。

邪素は含まれていないようだ。

安心して喉を潤《うるお》す程度に水を頂いた。

「ごめんなさい、あなたを信用していないわけじゃないけど、一応、飲み水はチェックしてるの」

「いいえ、初めて会ったわけですから用心は大切だと思います」

彼は気分を害した様子もなく、そう答えた。

そして、久しぶりに調理された感じのする食事を終えたところで、彼が私に尋《たず》ねた。

「これからどうするんですか？」

「ワイルドボアを居住区まで運ぶ予定。君は行く当てはあるの？」

「第三十八居住区を目指そうと思っています。そこを目指していたのですが、途中でワイバーンに攫《さら》われて仲間とはぐれてしまって」

「三十八ってここからかなり遠いわよ？」

いったいどこから運ばれてきたのだろう？

ワイバーンの速度なら、人間の足で数週間かかる距離でも数時間でやって来られるのか。

「とりあえず一度私の居住区に来なさい。ワイルドボアを運ぶのを手伝ってくれたら、お礼もするから。第三十八居住区には、輸送隊《キャラバン》が来た時に事情を話して送ってもらえばいいわ」

「……はい、是非《ぜひ》お願いします！」

彼は少し考えた後頷いてそう言うと、ワイルドボアを持ち上げた。

って、え？

二百キロくらいあるのに、一人で持ち上げるの？

私一人だったら高く売れる部位しか持って帰ることができなかったのに。

「僕、戦うのが苦手で。でも、荷物持ちならしたことがあるので、任せてください！」

「……そ、そう。うん、任せるわ」

彼の手伝いがあっても、運べる量は半分にも満たないと思っていた。

思わぬ幸運ではあるのだけど——

この子、本当に何者なのっ!?

頭が混乱してきた。


この世界は過去に一度滅んだ。

否、現在進行形で滅んでいると言った方が正しいだろうか？

なんでも、遥か昔の偉い人が、無限のエネルギーを手に入れようとして、禁忌《きんき》の怪物を生み出してしまった。その怪物は邪素を生み出し、世界を普通の人には生活できない場所に作り替えた。

そのため、偉い人はこの世界を棄《す》てた。

新しい世界を作り出して移住し、悪魔の塔《とう》とよばれる施設によってこの世界を封印した上にエネルギーを吸い上げた。

そのせいで、この世界では植物はほとんど育たなくなる死の世界になることを知っていながら。

渡《わた》り人《びと》と呼ばれる新しい世界に移住した人間がどうなったかはわからない。

ただ、私たちの先祖はこの世界に残ると決め、そして五千年以上経った今もこうして私たちは生きている。


「そういえば、お互い自己紹介がまだだったわね。私はミレよ。あなた、名前は？」

「僕はクルト・ロックハンスと申します」

これは、ちょっと変わった少年――クルトとの出会いから始まる醜《みにく》い世界の物語だ。

# 第1話　旧世界の居住区

昔、人間が住んでいる世界は一つしかなかった。

昔の人は、いまよりも遥かに進んだ技術を持っていて、魔素から物質を生み出す技術について研究していた。

そして、無限に魔素を作り出すモノを生み出した。

そのモノは本来であれば人々に無限の富を与えるはずだった。

だが、そのモノは人々に牙を剥《む》いた。

邪気とも呼ばれる汚染された魔素は人々の身体を蝕《むしば》み、そして魔物を生み出した。

そのモノは禁忌の怪物と呼ばれ、世界中の脅威《きょうい》となった。

このままでは人類が滅びてしまう――そうなった時、突如《とつじょ》現れた大賢者《だいけんじゃ》の導《みちび》きにより、人々は新しい世界を創って、そこに移住することになった。

そして、その事実は長い年月の間に歴史の闇に消えた。

その大賢者というのが、僕の娘のアクリであり、そしてアクリと一緒に人々を新しい世界に導き、二つの世界を繋《つな》ぐ賢者の塔を管理してきたのが、僕の昔の仲間のバンダナさんだった。

それから時が流れて、僕──クルト・ロックハンスがミレさんに出会うより、少し時間が遡《さかのぼ》る。

地上に現れた禁忌の怪物の一部を倒したことにより、かつての世界──旧世界を覆っていた霧《きり》が僅かに晴れた。その後、賢者の塔からバンダナさんが見つけたのは、旧世界に生き残っている人がいる痕跡《こんせき》だった。

それを見つけたバンダナさんは、かつての仲間であるゴルノヴァさんとマーレフィスさんに調査の依頼をしたんだけど、二人は何者かに襲われ、行方《ゆくえ》知れずになってしまった。

そこで、僕は工房で一緒に働くユーリシアさんと、リーゼさん、そして娘のアクリの四人でこちらの世界の調査に訪れた。

目的は二つ。

一つは、行方不明になったゴルノヴァさんとマーレフィスさんの捜索《そうさく》。

そしてもう一つが、こちらの世界で生き残っている人たちを保護し、僕たちの世界に連れて帰ること。

この二つだったんだけど──まさか、生き残っている人が簡単に見つかるなんて思いもしなかった。

かつて大きな街があったと言われる場所に向かうと、普通にその街は今も存在したのだ。

「よ、ようこそ、第二百五十七居住区へ」

街の入り口の検問所、城壁の扉から出てきて、やや緊張《きんちょう》した様子でそう言って出迎えたのは、口と鼻をマスクで覆った若い衛兵と思われる男の人だった。

どうやら言葉が通じるらしい。

「輸送隊《キャラバン》……には見えないし、調査団の方でしょうか？」

「いや、私たちは旅人なんだ……けど」

「旅人っ⁉」

ユーリシアさんの返答にとても驚き声を上げた。

何かまずかったのだろうか？

アクリみたいな小さな子供が一緒になっている旅人は珍《めずら》しいのかもしれない。

「すみません、中にお入りください」

そう言うと、街の重い扉が開き、僕たちが扉に入るとすぐに閉じた。

二重扉になっているらしく、奥にはさらに扉がある。

「こちらでお待ちください」

二つの扉の間に並べられた椅子に座るように促され、男の人は奥の扉を開けてどこかに向かった。

どうも城壁の中にも部屋があるらしく、椅子の横に中に通じる扉があり、その上にはプレートがかかっていた。

「ラピタル文明の古代文字ですね。アクリ、読めますか？」

「はい。シャワー室って書いてあります」

アクリがスラスラと答えた。

「シャワー室？　こんなところにですか？」

「たぶん、街の外の魔素を洗い流すための施設ではないでしょうか？　この二重扉も、外の魔素を街の中に入れないためのものでしょうし」

「魔素を入れないって、空ががら空きじゃないか？」

「上空には結界が敷かれているみたいですね。こんな設備があるなんて知りませんでした。町全体を覆う結界と換気システム、あとは多分水の浄化システムがそれぞれあるんだと思います」

あぁ、確かに結界が張ってあるみたいだ。見た感じ、魔力を弾くものだから、魔力と同じ性質を持つ魔素も中に通さない。

ただ、何度も人が行き来する街の入り口はどうも結界が緩くなるから、こうして二重扉にしているのか。

「すみません、いま上司がこちらに向かっていますので」

そう言って衛兵が戻ってきた。

「待ってる間、質問いいかい？」

「はい、俺に答えられることでしたら」

ユーリシアさんが声をかけると、彼はそう答えて姿勢を正す。

「いや、そこまでのことじゃないよ。この街って、何人くらい人がいるんだい？」

「はい、この居住区の定員は三百名で、現在二百九十八名の人がいます。ですから、移住は少し厳しいかもしれません」

「移住は考えてないんだけどさ――これ、骨董品《こっとうひん》屋から買った地図なんだけど、この周囲の居住区ってどこにあるかわかるか？」

そう言って、バンダナさんが用意してくれた、かつてのこの世界の地図を見せる。

「うわ、本当に古い地図ですね。俺も街の外のことはあんまり知らないんですけど、この地図、地形も結構変わってますよ。えっと、俺が聞いて知っているのは――」

衛兵は少し慣れてきた様子で、すらすらと知っている場所を指差していく。

どうやらかつて大きな街があった場所は居住区として使われているようだった。逆に、小さな街や村などはほとんど居住区として使われていない。

さらに、そこに住んでいる人のだいたいの数をユーリシアさんは聞き出してくれた。

衛兵は本当に周辺の居住区しか知らないため、教えてもらったのは数カ所だけだったが、この大陸の居住区は少なくとも百以上存在するらしい。

行き来はほとんどしておらず、唯一、輸送隊《キャラバン》と呼ばれる行商人が訪れるだけなんだとか。

「ところで、皆さんにお聞きしたいのですが――その、邪素は平気なのですか？」

「――？」

「ユーリシアさん、たぶん魔素のことだと思います」

邪素という言葉に聞き慣れないユーリシアさんが一瞬なんのことかと不思議そうな顔をしたので、僕が小声で伝える。

普通の人間は邪素の溢《あふ》れている場所を歩くことはできないのだ。

「ああ、それなら、この首からぶらさげてるこいつが無効にしてくれてるんだ」

そう言って、ユーリシアさんは首からぶら下げているネックレスを指差す。

埋め込まれた宝石のように見える玉は空《から》のダンジョンコアから作ったもので、一定時間周囲の魔素を吸収する力がある。

魔素が濃すぎる場所だとあっという間に玉が真っ黒に染まり、魔素を吸収できなくなってしまうが、特別に濃い場所に行くわけじゃないのならかなり長い時間――それこそ数カ月単位で使用できる。

「そんなの聞いたことないです。どこで造られてるんですか？」

「中央大陸なのっ！」

すかさずアクリが挙手して声を上げた。

これも打ち合わせで済ませていた。

中央大陸とは、ここから遥か東にある大陸の名前だ。今も同じ名前かどうかはわからないし、そ

もそも船や飛空艇《ひくうてい》（旧世界にも古代文明の時代にはあったらしい）での行き来がされているかどうかもわからない。

もしも人と出会った場合、別の大陸から来たと言えば、こちらの世界の現状について全く知らないこともある程度言い訳ができるからだ。

「別の大陸から来たんですか……道理でこのあたりの地理に詳しくないわけだ。よく居住区に辿《たど》り着けましたね」

衛兵は驚くより感心しているという感じで言った。

他にも話を聞いていると、衛兵が他の人から呼び出され、再び街の中に戻っていく。

「これは困りましたね」

「あぁ、困った」

「何が困ったんですか？　衛兵さん、いい人だったじゃないですか。それに言葉も通じますし」

リーゼさんとユーリシアさんがため息とともに言った感想に、僕が疑問を挟む。

「パパ、私たちの目的の一つは、この旧世界に残された人を見つけ、私たちの世界に連れていくかどうかを考えること。でも、今の話を聞くと、この旧世界には私たちが思っているより多くの人が生活を築いているみたい」

「それだけの大勢の人を私たちの世界に連れていくには、移民の受け入れの準備も大変です。トルシェンからの移民の受け入れも苦労しましたし」

そういえば、僕もトルシェンからの避難《ひなん》民を受け入れるために開拓《かいたく》村を作ったことがあったっけ。あの時は数百人程度の移民だったけれど、それが数十万人、数百万人となったら確かに大変だ。

確かに、今回の旅、簡単に終わりそうにないな。

待つこと約一時間。

もしかして、忘れられているんじゃないだろうか？　という可能性を感じた頃――

「待たせてしまってすみません。旅人がやってくるなんて前代未聞《ぜんだいみもん》だったので、対応に戸惑って」

そう言ってやってきたのは、窮屈そうな服を着ているムキムキの筋肉質の男性だった。

年齢は四十歳くらいだろうか？　かなり強そうだ。

「私はダイナー。この居住区の区長です。それで、この居住区に来た目的を聞かせてもらってもいいですか？」

「ああ、しばしの休息と人を探しているからその情報集め、あとは取引だな」

ユーリシアさんが言うと、ダイナーは顎《あご》に蓄《たくわ》えた髭《ひげ》を撫《な》でる。

「取引ですか。他の居住区ではどうかは知りませんが、街の中に生物の持ち込みは禁止、また武器、薬や毒はここで検査を済ませたもので、区長である私との取引のみ。酒と香辛料はそれぞれギルドで販売されています。それと、街に入る時、長剣と弓矢は置いていってください。短剣なら護身用として持ち込みは可能です」

そう言われ、ユーリシアさんは一瞬躊躇《ちゅうちょ》したけれど鞘を外して、僕が作った刀である雪華《せっか》を、リーゼさんも持っていた弓矢を衛兵の男の人に預ける。

「塩は売っても大丈夫なのか？」

「ん？」

塩は専売している地域が多いから念のためにと思ってユーリシアさんは尋ねたのだろう。だけど、区長さんは不思議そうな顔をした。

「他の大陸から来たのでしたね。岩塩は人の生活に欠かせませんから独占されることはありません。それと、街での取引も全て岩塩で行《おこな》われていることもありますよ。たとえばこの服は岩塩約一キロといったところですかね？　まぁ、通貨での取引の方が多いですが」

区長さんはいまにもボタンが飛びそうな服を摘《つ》まんで言う。

「では、街に入る前に《鑑定》をさせていただきます」

「いや、まだ売るとは決めてないから鑑定は後で――」

「君たちの地域ではやらないのですか？　私は《鑑定》の適性値が特に高いので、相手の賞罰《しょうばつ》等の情報を見ることができます。そのため、初めて訪れる来客には私が《鑑定》を行っているのですよ」

相手の賞罰を調べるスキル――魔法のようなものということだろうか？　犯罪者相手に《鑑定》を使えば、過去の罪歴がわかるみたいな。

僕たちの世界には存在しない魔法だけど、これまでの話からして、居住区間では情報のやり取りを行うのも至難の業《わざ》だ。

別の居住区で罪を犯し、追放された人間がいたとしても他の居住区にそれを伝えるのは難しい。体の一部に烙印《らくいん》を押すという手もあるけれど、犯罪者全員に烙印を押すというのも、烙印で細かい情報まで残すとなると、押す方も押される方も大変だ。

その点、目に見えない状態で、《鑑定》を使って調べられるというのなら、情報を他の居住区と共有することもできるか。

「じゃあ、まずは僕に《鑑定》を――」

「いや、私に頼む」

何か危険なことがあるかもと思って僕が前に出たけど、ユーリシアさんが割って入った。

ユーリシアさんが肩越しに振り向き、「大丈夫だ」と目で伝える。

「では、《鑑定》。うん、問題ありません。《鑑定》《鑑定》《鑑定》と。うん、四人とも賞罰はないですね」

え？

何をされたのかはわからない。区長さんはただ、《鑑定》と呟《つぶや》いて僕たち四人を一瞥《いちべつ》しただけのように思える。

しかも魔力のようなものも感じなかった。

どのような仕組みなんだろ？

それとも、《鑑定》ってただの観察眼で、僕たちの挙動で犯罪者かどうか見抜こうとしたとか？

「ようこそ、第二百五十七居住区へ、ユーリシア・エレメントさん、クルト・ロックハンスさん、リーゼさん、アクリ・ロックハンスさん」

「「「――っ!?」」」

区長さんの言葉に、思わず息を呑《の》む。

え？

僕たち、まだ自己紹介していないよね？

《鑑定》で名前がわかるんだ。

下手に偽名を使ったりしたら、一発でバレるってことか。

「アクリってファミリーネームはロックハンスなんですか？　家名は三人ともバラバラだから決めてなかったんですけど」

「あ、それはアクリが生まれた直後に私が役所に届けを出しました。それより、なんで私のフルネームが、リーゼ・ロックハンスじゃないんですかっ!?」

「まだ婚約者ってだけで結婚してないから当然だろ。リーゼロッテじゃないだけマシだ。私の名前は……あぁ、氏族から抜けたはずなのにローレッタ姉さんが勝手に登録しやがったな」

「ごほんっ」

僕とリーゼさん、ユーリシアさんが名前のせいで騒いでいると、区長さんが咳払いをした。

「とにかく、滅多にない客人です。特に急ぐ用事がないのであれば、今日は私の家に泊まるといいですよ」

区長さんは親切な人らしく、見ず知らずの僕たちを家に招待してくれた。

もしかしたら、まだ信用していない僕たちの監視の意味を含んでいるのかもしれないけど、断る理由もないので、その言葉に甘えることにした。

奥の門が開き、僕たちは居住区内に入った。

居住区に入って最初に目に入ったのは、野菜を育てている畑——いや、田んぼだった。

どうやら、この居住区の主食は小麦ではなく米らしい。

ホムーロス王国でも他国から輸入することがあって販売されているお米だけど、王国内ではあまり栽培《さいばい》されていない。米の栽培には多量の水が必要で、雨の少ないホムーロス王国では栽培に向いていないからだ。

ただ、同じ耕地面積でも採取できる量が多いという利点もある。

居住区の外は邪気となった魔素に溢れているから、城壁の内側に畑を作るしかない。

でも、敷地面積が限られているから、取れ高の多い稲作が中心になっているのか。

稲作に必要な水は、あの井戸から汲《く》んでいるのかな？

井戸の水って街の外から流れ込んでいる地下水だよね？　魔素が溶け込んだりしてないのかな？

でも、田んぼの稲を見る限り、そんな兆候《ちょうこう》は見られないから、きっと井戸に魔素を浄化する仕組み、もしくは魔素を通さないフィルターみたいなものがあるんだと思う。

そして歩いている途中で気付いたことがある。

それは、僕たちが来たことは居住区中に伝わっているのだろうということだ。

田んぼで作業をしていた人や荷物を運ぶ人たちが遠巻きに僕たちを観察している。

好奇の視線は、女装して給仕服を着た状態で武道大会の受付に行った時にも感じたけど、やっぱり慣れるものじゃないな。

ただ、居住区の広さにしては、住民の数は少ないように思えた。

二百九十八人って言ってたもんね。

「ところで、そちらのアクリさんは、クルトさんのお子さんでしょうか？」

「はい、僕たちの娘です」

「そうですか。うちの娘の小さい頃を思い出します」

区長さんは朗らかに笑ったと思ったら、少し悲しそうな目を浮かべて言う。

「実はうちの娘はリーゼさんやユーリシアさんくらいの年齢なのですが、先日、事故で足を怪我してしまいまして、今は家から出ることもできないんです。なので、もしよかったら旅の話でもしてあげてもらえないでしょうか？　きっと喜ぶと思いますので」

「はい、もちろん喜んで」

僕たちは頷いて了承した。

「――ここが私の家です」

案内された家は工房の三分の一くらいの広さの建物で、庭に生えている木には黄色い果物が実っている。

見たことのない果物だけど、旧世界にしかないものなのだろうか？　たぶん食べられると思う。

客間に案内された僕たちは、持っていた嵩張る荷物をそこに下ろした。

ニーチェさん――木の大精霊ドリアードである彼女の枝が入っている鞄や、薬などの入っている僕の鞄は一応持ったままの方がいいかな？

荷物を下ろすと、僕たちはそのまま足を怪我したという区長さんの娘さんの部屋へと案内された。

「アイナ、入るぞ」

区長さんがそう言って扉を開けると、その部屋には薄緑色の髪の、リーゼさんたちくらいの年齢の可愛らしい女性がベッドに座り――

「あら、お客様ですか？　トレーニング中なのでお見苦しいところ失礼します」

笑顔でダンベルを持ち上げて筋トレをしていた。

◇　◆　◇　◆　◇

私は第二百五十七居住区の区長——ダイナーという。

区長といっても、街の問題事を押し付けられるだけの名誉《めいよ》職であり、その恩恵は決して大きくない。私が住んでいる屋敷だって、単純に果樹の栽培により成した財で先祖が建てただけで、区長だから広い家に住んでいるというわけでもない。

その仕事も、基本は居住区のトラブルの仲裁がほとんどで、時折、罪人を罰し、居住区から追放する書類に判を押すくらいなものだ。

だが、今日は珍しいことが起きた。

居住区に旅人が訪れたというのだ。

居住区の外からの来訪者といえば、数カ月に一度、輸送隊《キャラバン》が来るか、もしくは近くの居住区の人間が訪れるか二つに一つである。

少なくとも別の大陸からの訪問客など、私の知る限り聞いたことがない。

しかも、驚くことにその旅人のうち三人は私の娘くらいの年齢で、そのうち二人は女性。

もう一人は三歳くらいの女の子というのだから驚きだ。

いったい、どんな理由があって旅などという危険なことをしているのだろうか？　と疑問に思う。

もしかしたら、他の居住区の間諜《かんちょう》か罪人だろうか？　という可能性も感じつつ、彼らと面会した。

最初に驚いたのは、彼らの荷物が少なすぎたこと。そして、その姿がとても綺麗《きれい》なことだった。

着替えを何着も持っているようには見えないのに、まるでその日に着替えたかのような綺麗な服。

おそらく、《収納》と《浄化《じょうか》》のスキルを持っていることは間違いないと思われる。

そのような貴重なスキルを持つ人間を間諜にしたり追放したりする者はいない。

さらに、邪素吸着マスクとは別の邪素を寄せ付けない新技術をも持つという。

欲しい。

どうにかしてこの居住区に住まわせられないだろうか？

住民の定員を考えると、後二人が限度。だが、そこは区長の権限を使い、なんとかあの四人をこの居住区に迎え入れることはできるだろう。

だが、彼らは移住には興味がないという感じだったと聞く。

せめて、彼らの情報をもう少し入手できないかと、私は彼らを家に招待することにした。

もちろん、怪我で暇《ひま》を持て余している娘の話し相手にもなるということも考えた上での話だ。

うちの娘は良くも悪くも槍術バカだからな。

剣を持っているユーリシアさんとは気が合うだろう。

客人に出すための水を汲んで戻ってくると、娘の部屋から笑い声が聞こえてきた。

「笑い声か……久しぶりだな」

脚がもう二度と動くことはないと、輸送隊《キャラバン》に同行していた医者に言われたその日から、こんな元気な笑い声は聞いていない。

年齢も近いし、きっと話が弾んでいるんだろう。

そう思っていると、部屋の中から、話をするだけでは聞こえてくるはずのない、花瓶が割れたり棚が壊れたりするような、破壊音が聞こえてきた。

まさか、客人が暴れているのか⁉

「何をしてるんだっ！」

私が慌てて部屋の扉を開けると――

「凄いです、ユーリシアさん！　私の槍を避《よ》けるなんて」

「いや、お嬢さんこそ凄い……が、棚を壊して怒られないか？」

「大丈夫です……あ、お父様。今、ユーリシアさんと模擬戦をしているんで、少し待ってください」

そう言って、アイナは大きく跳躍《ちょうやく》し――二度と動かないと言われていたその脚で跳躍し、練習用の槍でユーリシアさんに襲いかかった。

「なんで動いてるんだぁぁぁぁぁぁあっ⁉」

二度と動かないと言われていた娘の脚が動いたことに、私は喜びより驚きが勝ってしまったのだった。

◇　◆　◇　◆　◇

「なんで動いてるんだぁぁぁぁぁぁぁあっ!?」

驚く区長を見て、私――リーゼは過去を懐かしみながら、クルト様が作ってくださったお味噌《みそ》汁《しる》――ダンゾウさんの故郷の料理で、たまに工房でも振る舞われる料理です――を飲んでいました。

ユーリさんも汗を拭いながら私の横に座ります。

「どういうことですか、娘の脚はもう二度と動かないって言われていたのに……君たちが治してくれたのは理解できるが、いったいどうやって?」

区長さんは一番近くにいたクルト様に尋ねました。

すると、クルト様はテーブルの上に置かれた鍋からお味噌汁を一杯掬い、区長に入れて差し上げます。

「この味噌汁を飲んでもらいました」

「ミソシル……独特な臭いがするが、薬の一種なのですか?」

「いえ、遠くの居住区に伝わる郷土料理です」

「郷土料理……どうも話がよく見えてこないのですが」

混乱する区長さんにクルト様は告げました。

「飲んでみてください。この味噌汁にはなめこをはじめとした多くのキノコ類が入っていて、生姜《しょうが》も使っています」

「確かに、色々なキノコがありますね。キノコは暗所でも育てられるから軒下《のきした》で育てる家もあるから手に入りやすいですが……それが？」

「なめこには、コンドロイチンが含まれていますし、他のキノコにもグルコサミンが豊富に含まれています。どちらも膝《ひざ》の痛みに対していい働きがあると言われてるんです。それに生姜を食べると血行がよくなり、関節痛によく効きます」

「はぁ……うまいな」

混乱した区長はお味噌汁を一杯飲み、心を落ち着けました。

アイナさんもその横でもう一杯お味噌汁を飲んでいます。

このお味噌汁というスープは、とても心が落ち着く味ですわよね。

「美味しいですわね、お父様。これを飲んでから、私の脚は以前より調子がいいんです」

「そうか、それはよかったな。こんな美味しいスープを飲んで、さらに脚まで治って――」

区長は突然お味噌汁の入った椀をテーブルに置き、我に返って叫びます。

「待て！　それで治るのかっ！　医者でも治せないって言った怪我を⁉」

「え？　脚が痛い時はキノコと生姜のお味噌汁を飲んで治すのって、普通の話ですよね？」

「そんな普通があるかっ⁉」

あまりの混乱に叫ぶ区長さん。

それを見て、私とユーリさんは、どこかほっこりとしてしまいました。

「懐かしいな、リーゼ。私たちにもああいう時代があったな」

「そうですね、ユーリさん。こう新鮮な反応を見ると、初心に戻ったような気分です。あぁ、さすがはクルト様ですね」

おかゆを食べただけで呪《のろ》いが解けたり、宴会料理を食べただけで傷が回復したり、温泉饅頭《おんせんまんじゅう》を食べただけで老化病が治ったり、クルト様の料理にはいつも驚かされてばかりですわね。

「大丈夫か？　お前と同じ状況だけど、アイナさんがクルトに惚《ほ》れてしまわないか心配にならないのか？」

「以前の私であれば、確かに懐柔《かいじゅう》と毒殺と射殺と暗殺の選択肢《せんたくし》しかありませんでしたが――」

「七割五分殺してるじゃないか！」

「今の私はクルト様の婚約者になりましたからね。クルト様に色目を使ったりしない限りは放置です」

もちろん、警戒対象であることには違いありませんが、アイナさんは見たところ恋愛よりも戦闘に興味があるようですし、今のところ問題ないでしょう。

私がそんなことを思っていると、アクリが私の袖《そで》をくいっと引っ張りました。

彼女の目を見て、その意図を汲み取った私は、区長に口を開きます。

「区長様。アイナ様の脚が治って感動しているところ申し訳ありませんが、少し二人で話をすることはできないでしょうか？」

私の申し出に、区長は頷きました。

「ユーリシアさん、もう一戦、今度は稽古場《けいこば》でお相手願えませんか？　私も寝間着のままより練習着でお相手したいですし」

「ああ、わかった。クルト、一緒に来てくれ。審判役を頼む」

ユーリさんはちょうどいいと思ったのか、私が区長さんとアクリと三人で話をしやすいように、場を整えてくださいました。

クルト様がお鍋に残っていた味噌汁の残りを、保温性の高い水筒に入れて持っていきました。

さすが気配りのできるお方です。

三人が出ていったあと、私たち三人は、アイナ様が普段使われている小さなテーブルを囲むように座りました。

私は区長が運んできた紅茶の準備をいたします。

工房ではクルト様が淹《い》れてくださりますが、淑女《しゅくじょ》の嗜《たしな》みで紅茶を淹れることくらい容易《たやす》いです。

「どうぞ、区長様」

「……え……ええ、ありがとうございます。これは……私が淹れた紅茶より美味しいです」

そう言って区長は紅茶を一口飲みます。

クルト様が淹れた紅茶に比べれば泥水《どろみず》に等しいですけれども、特訓の成果が少しは出ていますわね。

「それで、話とは娘の脚のことでしょうか？」

「いえ、それはクルト様がお話しした通りです。もう彼女の脚は大丈夫です、完治しましたから話すことはありません。以前より調子がいいとアイナさんが仰《おっしゃ》っていましたが、その通りだと思います」

「では、何の話でしょうか？」

「区長様はもっと聞きたいことがあるのではありませんか？」

私が尋ねると、区長は覚悟を決めたように尋ねました。

「君は――いや、君たちはいったい何者なのですか？　他の大陸から来たと仰っていましたが、それは嘘《うそ》ですよね？」

やはりですか。

彼の態度から、私たちの嘘を見抜かれていることは薄々勘付《かんづ》いていました。

念のためにお尋ねします。

「どうしておわかりに？」

「君たちは《鑑定》のことを、いや、そもそもスキルのことを知らなかった。別の大陸からの訪問者がこの居住区に来たことはないが、それでも輸送隊《キャラバン》の人から聞いたことがあります。他の大陸でも私たちの居住区の者と同じようなスキルを使うことができると」

「スキル？　あの《鑑定》のことですか。確かに不思議な魔法ですわね」

「リーゼママ、たぶん区長さんが言っているスキルと、私たちの世界の魔法とは全然違うんだと思います」

アクリがそう言うと、区長は難しい表情になります。

その言葉の意味をその通りに受け取ることができたのか、できなかったのか……

再度同じ質問をします。

「君たちは……いったい、何者なのですか？」

二度目の問いに、私たちは全てを語りました。

賢者の塔から続く別の世界からの訪問者であること。

この世界を調査に来た知り合い――仲間でも友人でもなく、あくまでも知り合い――が行方不明になったこと。

そのため、知り合いを探すことと、この世界の調査が役目であること。そして、移住の希望者を集めること。

もちろん、アクリのことやクルト様の能力については秘密です。

まぁ、クルト様の能力を秘密にするにも限度はあるでしょうが。

「別の世界――なるほど、君たちが別の世界に渡った者たちの子孫なのか。あの料理は君たちの世界では普通のことなのか……」

いえ、私たちの世界でも特異です。

ですが説明が面倒なので、今は黙《だま》っておきます。

「それで、区長様には協力者になっていただきたい――この世界について教えていただきたいのです。もちろん、謝礼はいたします」

「いや、娘の脚を治してもらったうえに、私を信用して話してくださったのです。礼を言いたいのはこちらの方ですよ。無論、あなたたちの世界の魔法や技術には非常に興味がありますけどね」

そう言って区長は朗《ほが》らかに笑った。

こうして、私たちは可能な限り、彼からこの世界の情報を入手しました。


その日、私たちは区長の屋敷に泊まることになりました。

残念なことにクルト様は一人部屋、私とユーリシアさんとアクリで三人部屋と分かれてしまいましたが。

訓練を終えたユーリシアさんとクルト様が戻ってきたところで、区長から聞いた話をお伝えします。

「まず区長様から教えてもらったスキルについてです。スキルというのは、魔石と呼ばれる石の中から特殊な力を抽出《ちゅうしゅつ》し、行使する能力のことです。これにも適性ランクがあり、それに応じて使えるスキルが異なります」

私は区長から貰った魔石を見せました。

赤色に光る、ルビーのような石です。

そして、もう一つ、魔石をはめ込む腕輪を装着し、それに魔石をセットします。

「これは下級の《鉄化》の魔石と呼ばれるもので、身体の一部を鉄に変える力があります。まぁ、下級の魔石なのと私の適性も低いので、手のひら程度の面積しか変化できませんが」

そう言って私は手のひらの部分を鉄に変えて見せました。

ユーリさんが興味深そうに、私の手のひらを指の関節部分でコンコンと叩きます。

「スキルか……これは魔法とは違うのか？」

「はい。そもそも、この世界にはそもそも魔法がありません。試しに感覚強化《ロングセンス》の魔法で区長様の視覚を強化してみたところとても驚いていらっしゃいましたから。一応、こちらの世界にも《遠見《とおみ》》という視覚を強化するスキルはあるそうですが、自分以外の人の視覚を強化することはできないそうです。私も試しに《鑑定》の魔石を使わせていただきましたが、適性が低いらしく、あまり詳しい情報を見ることはできませんでした。周囲の魔素の濃度くらいですね。人によっては物の品質を見たり、毒物のチェックができたりと、見えるものが変わるそうです。区長様のように相手の名前までわかる人は滅多にいないようですね」

「魔素の濃度を目で見れるってだけでも便利そうだけどな」

ユーリさんが言います。

そう思って、《鑑定》の魔石を譲《ゆず》っていただきました。

《鑑定》の魔石は比較的簡単に入手できるそうです。

「それで、魔石ってのはなんなんだ？　魔法晶石とは違うんだよな？」

「私も詳しくはわかりません。この世界特有の石でしょうか？　アクリは何か知っていますか？」

アクリは元々のこの世界も知っていますから、彼女なら何かわかるかもしれないと尋ねました。

「ううん、少なくとも昔は魔石なんてものはなかったよ」

アクリも知らないようです。

となると、この世界の住人の大半が新世界に移動してから生まれた新技術でしょうか？

しかし、魔石からスキルを抽出する方法をアクリが知らないというのなら理解できますが、魔石そのものを知らないというのも妙な話です。

このような綺麗な石なのですから、昔からあるのであれば、宝石として珍重《ちんちょう》されていた可能性が高いですが。

「この石の雰囲気、どことなくダンジョンコアに似てますね」

私が考え込んでいると、クルト様がポツリと呟きました。

「ダンジョンコア？　というと、魔素を吸収する石ですよね」

私たちの世界にあるダンジョンコアは、ダンジョンの心臓部とも言われる石です。

しかしその正体は、旧世界から魔素が溢れる場所に設置し、その魔素を吸収して外に漏らさないために設置されている魔道具の一種です。

シーン山脈の遺跡で大量に生産されているのを見たことがあります。

「パパの言う通りなら、魔素を吸収しやすい石が天然に存在して、その魔素を吸い込んだ結果、魔石に変異したってことかな?」

アクリがクルト様の一言から、魔石の正体の考察をしました。

さすがはクルト様です。

たった一言で魔石の正体に辿り着かせてくれるとは。

「魔石の正体がアクリの言う通りだとして、魔法を使うのに魔力が必要だろ? スキルには何を使うんだ?」

「特に使うものはないそうです。ただ、攻撃魔法のような外部に放てるものは少ないみたいですね。《回復》スキルというのも、使用者本人にしか使えないそうです。攻撃手段としては武器の中にエネルギーを蓄えて、一度に放出するものがあるそうです。例えばアイナさんは《炎の槍》というスキルにより、槍の中に炎を蓄えて一気に放出する技が使えるみたいですが」

「あの、リーゼさん。それで、ゴルノヴァさんとマーレフィスさんの情報は何かわかりましたか?」

やはりクルト様はそちらが気になりますわね。

私としては別に彼らがどうなっていようが関係ないのですが、クルト様が悲しむのは辛いですからね。

「聞いておきましたが、めぼしい情報はありません。ただ、第三十八居住区という場所に罪人の収容施設があるそうでして、彼らが何らかのトラブルを起こして捕まっているとしたらそこにいる可能性もあるそうです」

「場所はどのあたりなんだい？」

ユーリさんが尋ねたので、私は区長から貰った地図を広げます。

「ここが第二百五十七居住区になります。目的の第三十八居住区というのはここですね」

ここから徒歩で二日ほどの距離ですから、連行されている可能性はゼロではないでしょう。

ただ、区長様が仰るには居住区の外を出歩く人間というのは、魔物を狩るハンターがほとんどだけれども、彼らが襲われたと思《おぼ》しき場所には普通ハンターも近付かないそうです。

というのも、賢者の塔――この世界では悪魔の塔と呼ばれているそうですが、その付近には魔物が現れないうえに、賢者の塔に近付きすぎると塔に攻撃されてしまうので危ないという話があるそうです。

その防衛システムは魔物対策として用意されているもので、人間に対しては警告から行われるはずなのですが……魔物が襲われているのを遠くから見た人がたまたまいて、そういう噂《うわさ》が広がっているのでしょう。

「このバツ印がついているのは？」

「なんらかのアクシデントにより結界が破壊され、人が住むことができなくなった居住区です」

アクリから貰った地図と照らし合わせてみると、元々あった街の場所とも一致しますね。

「それと、持ってきた薬草汁も高値で売ることができました。これがその対価です」

私はそう言って紙の束を置きました。

「対価って、この紙が金なのか？　あ、そうか。この世界は植物が少ないから紙が貴重品なのか？」

「ユーリさん、そんなわけないです。確かに紙は貴重品ですが、本来であれば貨幣《かへい》の代わりになるものではありません。ですが、この世界ではそれが成り立っているのです」

「どういうことだ？」

「輸送隊《キャラバン》ですよ。輸送隊《キャラバン》との取引では、必ずこのポート札という紙のお金が使われる仕組みになっています。輸送隊《キャラバン》がなければ外部からの商品の入手は困難なこの世界。彼らが使うお金をそのまま使うしか選択肢はなかったのです」

そして、そのポートの価値は全て輸送隊《キャラバン》の人が決めることができます。

彼らがパパモモの実を一個百ポートだと伝えれば、パパモモ一個の価値が百ポートに決定するのです。

そして、原材料は紙なのですから、施設さえ整えば簡単に量産でき、そして輸送隊の人がそのポートでの取引を廃止すると決定すれば、この紙のお金は一夜にして無価値になります。

恐ろしいことに、この世界は行商人である彼ら輸送隊《キャラバン》こそが、経済を全て牛耳《ぎゅうじ》っているのです。

もっとも、この魔素に満ちた世界での商品の輸送はそれだけリスクを伴《ともな》うものということです。

できることなら、早いうちに輸送隊《キャラバン》に接触して、彼らが持っている情報も得たいですね。

「リーゼさん、それでこのポート札はどのくらいの価値があるんでしょうか？」

「そうですね。金貨五百枚分くらいはあると思います。もちろん、私たちの世界とこの世界とでは為替《かわせ》レートなんてものはありませんから、私の感覚の話ですが。だいたい十万ポートで金貨一枚ってところですね」

「日常に使う単位が金貨と言ってる時点で、元王族の感覚があてにならないってのは理解できたよ」

ユーリさんが失礼なことを言います。

確かに普通の金銭感覚とは違うかもしれませんが、工房の資金を管理しているとそうなるんです。なにしろ、クルト様の所持金はもはや王国の国庫をも超えかねない勢いで増えていますから。

「やっぱりこの世界って薬があんまり発達していないんでしょうね。僕なんかが作った薬でそんな大金になるんですから」

クルト様が札束を見て勘違いした発言を仰いますが、ホムーロス王国内で売っても同じか、それ以上の額になります。

「このお金で交易品を購入することにしました。旅人を名乗るからには、交易品を持っていた方が自然ですから。今後はそれらしく馬車を使って移動しましょう」

「馬車って、この町の人は滅多に外に出たりしないんだろ？　売ってるのか？」

「いいえ、当然売ってません。なので一度元の世界に戻って、馬車は工房のものを使いましょう。デクも運動不足ですからちょうどいいです」

デクというのは工房で飼っている馬の名前です。

とても大食らいですが、大人しく力の強い馬なので整備されていない道でも荷車を引いて進むことができるでしょう。

「じゃあ、デク用の魔素を吸収する道具を作りますね」

私たちが使っているのは、シーン山脈にあるダンジョンの装置を、クルト様の叔父であるウラノ叔父さんが改良、小型化と容量の増加に成功したものです。

これがあれば人間だけではなく、動物でも魔素の空間の中で生きることが可能です。

さすがはクルト様です。

もしかしたら、クルト様にかかればこの世界の全ての問題も解決するのではないでしょうか？

って、それはさすがに考えすぎですわね。

◇　◆　◇　◆　◇

明くる朝、早速、僕――クルトは行商人に扮《ふん》するための準備に取り掛かった。

居住区に出かけて買い物をする。

店の種類は少ない。というか一店舗しかない。

この居住区では商品を売るのは自由だが、基本は委託《いたく》販売——つまり、居住区で唯一《ゆいいつ》の商店に商品を預け、そこで売ってもらうそうだ。

数は少ないが、昨日、僕が持ってきた薬も売られている。

多くの魔物の肉が売られていたが、野菜や穀物《こくもつ》は貴重品なのか肉より値段が高く、さらに高いのが果物だった。

「旅人さんかい？　噂は聞いてるよ。上質な薬を持ってきてくれたんだってね。どうだい？　昨日ハンターさんが持ってきてくれた魚の燻製《くんせい》だよ。買っていかないかい？」

商店で働くおばちゃんが言うが、隣でリーゼさんがうめき声を上げた。

魚の見た目が、なんというか深海魚のそれに似ていた。

つまり、気味が悪い——グロテスクなのだ。

多分普通の魚じゃなくて、魚の魔物だと思う。

見た目はともかく、味は少し気になったのだが、リーゼさんが食べるには少し勇気がいりそうなので買うのはやめておこう。

「魔石は売ってないんですか？」

「この居住区では魔石は販売禁止なんだよ。区長様が必要な人に無償《むしょう》で贈与《ぞうよ》、もしくは貸与《たいよ》する決まりになってるのさ。まぁ、使いようによっては危険なものもあるからね。ちなみに、私は《鑑定》のスキルを持ってるよ。目の適性がBランクあってね。お金が本物か偽物か区別できるんだよ。

だから、偽札で買い物なんて考えないことだね」

そう言っておばちゃんが笑った。

僕も「そんなことしませんよ」と言って笑う。

「別の居住区に売りに行きたいんですけど、多少嵩張ってもいいので、この町では需要はそれほどないけれど、他の町で需要が高いものってありますか？」

「どの居住区に行くんだい？」

「第三十八居住区です」

「あそこは山の上だからね。魚が少ないから干物は高く売れるよ。結構在庫があるんだ。買っていっておくれよ」

そう言っておばちゃんが木箱を開けると、本当に大量の魚（？）の干物があった。

リーゼさんの顔色が悪いけれど、木箱に蓋《ふた》をして開けなければ大丈夫かな？

一四一四は大した値段じゃないけれど、大きな木箱ともなるとかなりの値段がした。

「ありがとうね。馬車があるならそこまで運ばせようかい？」

「大丈夫です。鞄に入れますんで」

僕はそう言ってマジックバッグの中に買ったものを入れる。

「驚いたね。《収納》のスキル持ちかい」

「え？　収納のスキル？」

「ああ。小さい鞄なんかに大量に商品を入れるスキルだろ？　魔石も珍しいけれど、それ以上に使いこなせる人間が少ないって話だったが――へぇ、旅をするだけのことはあるね」

そんなスキルがあるんだ。代わりにマジックバッグってこの世界にはないんだね。

ちょっとしたコツがあれば作れるものなので、かつてはこの世界にもあったと思うんだけど、たぶん居住区という孤立した環境で何千年も暮らしているため、技術の伝承がどこかで途絶えてしまったのかな？

それにしては、言葉は普通に通じるんだよね。

何千年も経過したら、方言から全く別の言語に派生していても不思議じゃないんだけど。

少し疑問に思いながら、僕は「はい、便利で助かっています」とマジックバッグに商品を入れた。

「そうだ、《収納》のスキルがあるのなら、これも買っていきなよ。この町で織《お》った布だ。輸送隊《キャラバン》に人気の品だから、きっと高く売れるよ」

「ありがとうございます。買わせてもらいます」

僕はそう言って、布と、あとは糸も一緒に購入した。

さて、用事も済んだし、そろそろ次の居住区に行こうかな。

そう思い、居住区の門に向かっている時だった。

「君たち！　よかった、間に合った！」

区長さんが追いかけてきた。

「区長さん、どうしたんですか？　もしかしてアイナさんになにか⁉」

「いや、アイナは元気だ。皆さんが出発する前に、もう一度ユーリシアさんと手合わせをしたいと駄々《だだ》をこねていたので、迷惑だからと柱に縛《しば》り付けてきたくらいにな」

そして、区長さんは姿勢を正し、深く頭を下げた。

「改めて、娘を治してくれた礼を言いたかった。それと、移住の件だが、そちらの移民の受け入れ準備が終わるまで住民たちに伝えるのは避《さ》けることにした」

「それが賢明《けんめい》だな。そっちに移住する意思があっても、こっちの準備ができずに何年も待たせることになったら不信感が募《つの》るだろうし、禍根《かこん》を残す結果になるかもしれない」

ユーリシアさんが頷いた。

一日あれば仮設の町くらい建設できるけれど、法律を整えたりするのに時間がかかるだろうからね。

「それと、これは私からせめてものお礼だ」

そう言って渡されたのは、昨日リーゼさんが貰った魔石を嵌《は》めるための腕輪がさらに三つ。そして、四つの白い魔石だった。

「この魔石は何のスキルが入っているんですか？」

「これは空《から》の魔石。中には何のスキルも入っていない」

「入っていない？」

「ああ。旅の安全を祈願《きがん》して、この空の魔石を送るのが慣習になっていたんだ。旅人なんてほとんどいないから廃《すた》れた慣習だがね」

僕は受け取った魔石を見る。

旅の安全祈願の魔石か。

「何もない魔石だが、その分、なんにでもなれる。無限の可能性が秘められているという意味もあるんだそうだ。迷信だがね」

「無限の可能性――ありがとうございます。とても嬉しいです」

僕は腕輪を装着し、その空っぽの魔石を嵌めた。


居住区から少し離れた丘の上で、僕は思う。

世界は違っても、住んでいる人は変わらない。

心の優しい人が大勢いた。

ゴルノヴァさんとマーレフィスさんの行方は相変わらずわからないが、それがわかっただけでも少し安心できた。

僕はそう思いながら、竜の糞《ふん》で作った肥料を元に木の枝を植える。

枝はみるみる大きくなっていき、一本の若木へと成長した。

その若木の前に、木の大精霊の分体であるニーチェさんが現れる。

「クルト様。お呼びでしょうか？」

「うん。一度工房に戻って、デクと馬車を持ってこようかと思って」

「かしこまりました。では、地脈を接続しますので、一時間少々お待ちください」

ニーチェさんの力と、アクリの精霊としての力をあわせて使うことで、元の世界とこの世界を行き来することができるのだ。

ただ、元の世界と繋がっている賢者の塔の近くに植えた木に接続する必要があり、それに時間がかかるそうなので、その間に僕たちは昼食を摂ることにした。

簡単に済ませるために、ポトフでも作ろうかな？

「いい香りがしてきたな」

「はい。クルト様の料理はいつも楽しみです」

「うん、パパの料理楽しみ」

「あはは、お世辞《せじ》でもそう言ってもらえると嬉しいです」

僕がそう言って完成したポトフをよそおうとした時だった。

上空から巨大な何かが近付いてきた。

巨大な翼に、鱗に覆われた長い身体。

あれは——ワイバーンだっ！

「ワイバーンが来たな」

「ふふふ、クルト様の食事を食べに来たんでしょうね」

不安に思う僕をよそに、ユーリシアさんもリーゼさんも、それにアクリまでもとても落ち着いている。

なぜだろう？

「そういえば、アクリ。小さい時ドラゴンのこと――」

「私も話に聞きましたよ。大きいワンワンって言ったんですよね」

「もう、ユーリママ、リーゼママ。そんな小さい時のこと忘れましたよ。何千年前の話だと思ってるんですか」

和《なご》やかなムード。

とても警戒しているようには見えない。

「あの、大丈夫なんですか？」

「「慣れてる（ます）から」」

そうか、ワイバーンの対処に慣れてるのか。

よかった。

「最近もハスト村で豚の餌《えさ》を使っている時に、魔竜皇《まりゅうこう》が来たこともありましたものね」

「ああ、あれは驚いたな」

「はい。ドラゴンが食事の時に餌を貰いに来るのはよくあることですが――ワイバーンは人間を襲うので非常に危ないんです」

「「え？」」

僕の言葉に、三人は目を丸くする。

「え？」

僕がその反応を不思議に思った時には、ワイバーンは僕を鷲掴みにしていた。

ユーリシアさんが剣を抜いてワイバーンの前足を切り落とそうとするも、そのワイバーンは空に飛んで躱し、そのまま空へと舞い上がっていった。

# 幕間話　残された人たち

ヴァルハの工房の裏庭にて、私、シーナの横で、この国の第三席宮廷魔術師、実質魔術師のトップの位置に君臨《くんりん》するミミコ様が鬼の形相《ぎょうそう》をしていた。

旧世界――遥か昔、私たちの遠い先祖たちが住んでいたその世界については、私も話だけは聞いていた。

しかしその世界に多くの生き残りがいるだなんて思ってもいなかった。

それだけなら「よかった」で感動しつつもどこか他人事《ひとごと》のような感じで終わるんだけど――その世界にクルトとリーゼさんとユーリシアさん、アクリちゃんが四人で勝手に調査に行ったというのだから、ミミコ様が怒るのも無理はない。

私たちは、工房の庭で木の大精霊のニーチェさんから報告を受けていた。

ニーチェさんは地脈を通じて他の木とも意思を共有しており、旧世界で起こった出来事を把握《はあく》できるからだ。

ちょうど、最初の居住区という町で多くの生存者を見つけ、そこを去って昼食の準備をしているところらしい。

「あの、ミミコ様」

「………なに？　シーナちゃん？」

　鬼の形相から、なんとかいつもの可愛らしい顔に戻……り切れていないところはあるけれど、なんとか平静を装う意思を持って、ミミコ様はひきつった笑顔で尋ねた。

「クルトたちが見つけた旧大陸の人たちの移民の受け入れって可能なんでしょうか？　かなり数が多いんだけど」

「うーん、今すぐは難しいけど、十年後なら数だけなら可能よ。クルトちゃんたちのお陰でね」

「クルトの？」

「そう。本来はそんな余裕はなかったんだけど、大砂漠の広大な土地をクルトちゃんたちが緑化運動で豊かな大地にしちゃったでしょ？　ハスト村の人たちって十年単位で引っ越すそうだから、その時に空いた土地に移住してもらえばいいわ。というか、私たちもトルシェンと、ハスト村の住民がいなくなったあとについて相談していたからね。もちろん、守護の一族にも相談しないといけないけど」

　守護の一族って、確かクルトを追放した「炎の竜牙」のリーダーであるゴルノヴァの出身の一族のことだったよね。

「守護の一族って、彼らの仕事はなんなんですか？」

「アクリちゃんに聞いたんだけど、守護の一族っていうのは、大賢者の弟子とは別の集団で、ハスト村の周辺に住み、恐ろしい魔物が近付いてきた時に倒すのが主な役目なんだって。確かに、ゴブリンにすら勝てない彼らにリザードマンの群れが襲いかかったら壊滅《かいめつ》状態になっちゃうものね。もっとも、ハスト村の人間はそんなこと何にも知らなくて、しかも時間を操って千二百年後に移動しちゃったせいで、守護の一族たちも相当参ったみたいよ。そのせいで、守護の一族たちも本来の自分の役目を忘れて、ただハスト村の人間が帰ってくるのを待っていただけみたいだし」

「本来の役目って？」

「ハスト村は結界で人が簡単に近付けない状態になっているけれど、中にはクルトちゃんみたいに村から出ていく人もいるでしょ？　その人たちについていって、命がけで守護する――それこそが本来の守護の一族の役目――ううん、宿命だったんだって……ゴルノヴァがクルトちゃんをパーティに加えたのも、たぶんその宿命の影響だったんだと思う。実際、問題ばかり起こしてたけど、ゴルノヴァは何度もクルトちゃんが危ない目に遭《あ》うところを救っていたみたいだし」

「それにしては簡単に追放してますが」

「守護の一族は大賢者の弟子の下部組織だからね。弟子であるバンダナの力が守護の一族の宿命の力を上回ったみたい。だから、クルトちゃんがユーリシアちゃんやリーゼ様に出会える最高のタイミングで追放したってわけ」

「宿命……か。そんなのに振り回されてクルトも大変ですね」

「まぁね。でも、それももう終わり。私たちがこの世界に現れた禁忌の怪物を倒したという一つの終わりを迎えたことで、大賢者であったアクリちゃんの役目も終わったの。だから、私たちはこれから自分の手で切り開いていかないといけない。だというのにリーゼ様は……」

ミミコ様の怒りが再び加熱されてきた。

鬼の形相になる前に、一度シャワーでも浴びに行こうかな？

でも私はなんだかんだ言って、あの四人なら旧世界でも様々な危険を乗り越えられると思っている。

全ては宿命で決まっていたといっても、それはクルトたちの努力があったからこそ乗り越えられたものであり、決して宿命の一言で片付けてはいけないからだ。

だからきっと、クルトたちも――

「報告です。先ほどワイバーンがクルト様を攫っていきました」

ちゃんと乗り越えられるんでしょうねっ⁉

## 第2話　クルトのハンター生活

私――ユーリシアは一瞬、何が起こったのか理解できなかった。

ワイバーンがクルトを攫っていったというのに。

だが、身体が動いていた。

愛刀の雪華を抜き、ワイバーンに切りかかる。

しかし、ワイバーンはそれを躱して上空に飛び上がった。

「アクリ！　私をワイバーンのところに転移させてくれ」

「ダメ、ユーリママ！　動いているワイバーンのところに転移するなんて無理だよ。少しズレたら落ちちゃう」

「それでも転移を――」

私のあり得ないミスのせいでクルトを攫われた。

クルトと一緒にいたら、食事を作っている時ドラゴンがやってくるなんて普通のことすぎて、警戒心がどこかに飛んでしまっていた。

ワイバーンとドラゴンが厳密には違う種族だってのはわかっていたのに。

「落ち着いてください。失敗したら死ぬってアクリも言ってるでしょ！」

「でも――ちっ」

リーゼの顔を見て私は舌打ちをする。

この世の終わりのような顔をして、それでも冷静に対処しようとするリーゼを見ると私が取り乱していたのが情けなくなる。

もうワイバーンの姿は見えない。

アクリの転移で追いかけるのも無理だ。

「転移で脚の速い馬を連れてきて追いかける……のは無理ですね」

「ああ、クルトがいないと魔素を吸収する道具の調整ができない。馬が魔物化する危険がある。アクリ、飛空艇を持ってくるのはできるか？」

私は一縷《いちる》の望みを託《たく》すようにアクリに尋ねる。

飛空艇があればワイバーンの巣を見つけるのも容易だろう。

「そこまで大きい物は転移できないよ。それに、ああいう魔道具は魔素の多いこの世界だと暴走する危険があるから使えないと思う」

「なら、一度居住区に戻ってワイバーンの情報を得よう」

市場で売られていたのが魔物の肉だっていうなら、きっとそれを狩る冒険者のような人間がいるはずだ。

彼らなら、ワイバーンの巣がどこにあるか情報を知っているかもしれない。

それと――

「ニーチェ。クルトはあんたの枝、まだ持ってたよな？」

ニーチェが首肯する。

「あんたなら、繋がり的なもので枝の場所がわかるんじゃないか？」

「申し訳ありませんが、枝の場所はわかりません。ですが、クルト様が枝を植えて私を呼び出してくれれば連絡を取ることが可能です」

ということは、クルトが自力で脱出するのを願うしかないか。

戦闘適性Gランクのクルトだから戦って逃げるのは難しいかもしれない。もしワイバーンの目的がクルトを食べることだったとしても、あいつならワイバーンの目の前で食事を作って餌付けするくらいはできるだろう。その餌の中に眠り薬を入れたりもできるし。

さすがに空を飛んでいる時にワイバーンの足を攻撃したりはしないと思う――そんなことしたら落下して地面に激突するだろうから。

「無事でいてくれよ――クルト」

◇　◆　◇　◆　◇

ワイバーンからの脱出に成功した僕――クルトは偶然出会ったミレさんと一緒に居住区へと辿り着いた。

ユーリシアさんとリーゼさんに無事を報せないといけない。

そのためにも、まずはニーチェさんの枝を植えて連絡を取りたいけれど、ここで単独行動を取ったら怪しまれる。

自分で自分の実力はわかっている。ここでミレさんに怪しまれ、置いていかれたら僕が無事に居住区に辿り着くのは難しい。

この場で一人残ってニーチェさんの枝を植えても、地脈を繋げるのに時間がかかるから、アクリがすぐに転移してこられるわけではない。そもそもユーリシアさんたちが僕を追いかけてニーチェさんの木を植えた場所から離れていて、すぐに連絡が取れない状況になっているかもしれない。

だから、僕が今できる一番の選択は、とにかく怪しまれないこと。

僕はそう意気込んだ。

「クルト、大丈夫なの？」

「……!?　はい、大丈夫です」

「……そう」

ミレさんはそう言って黒い双眸《そうぼう》を僕に向ける。

なぜかミレさんに怪しまれている気がする。

ただ、仲間とはぐれて気落ちしている僕を気遣ってくれるのは優しいなって思った。

僕は二百キロはあるワイルドボアを運びながらそう思った。

「居住区はすぐそこだからね。第五百三十六居住区」

「第五百三十六居住区ですか。そういえば、居住区の数字って意味があるんですか？」

「輸送隊《キャラバン》の人から聞いたことがあるけど、意味はないらしいよ。大昔は居住区にも人間みたいに名前があったみたいだけど、その名前は新しい世界の町の名前に使うからって、新しい世界に渡った人たちに使うのを禁止されて、代わりにランダムで数字が割り当てられたって話ね。まったく、私たちの住む場所をなんだと思っているのかしら……」

ミレさんは忌々し気に言う。

ミレさんは移り住んだ人のことを渡り人って呼んでいるみたいで、やっぱり悪感情を抱いているようだ。

でも、この草もほとんど生えていない荒野を見ると、ミレさんが嫌に思う気持ちはわかる。

ここは生物が普通に住める世界じゃない。

人間が生きてこられたのは、それこそこのワイルドボアのように、魔素が生み出す魔物がいたから、それを食糧にできたお陰だろう。

世界を崩壊に導いた禁忌の怪物——その最大の被害者である旧世界に残った人々は、その禁忌の怪物が振りまく魔素の力がなかったら生きていけない。

とても皮肉な話だ。

第五百三十六居住区に着いた時には、もう夕方になっていた。

靄《もや》のかかる空は太陽がどこにあるかはわからないけれど、空全体が黄金色《こがね》に輝《かがや》いている。

居住区の大きさは、さっきまでいた第二百五十七居住区とそれほど変わりないように見える。

そして、入り口の検問所ではやっぱり衛兵さんがいた。

五十歳くらいの男性でベテランっぽい風格を持っている。

「ミレ、そいつは？」

ミレさんは邪素吸着マスクを衛兵さんに預けて、答える。

「ワイバーンに捕まって飛んできた旅人、名前はクルトよ。力持ちだからワイルドボアを運ぶのを手伝ってもらったの。力持ちもそうなんだけど、見たこともない邪素を吸引する道具を持っててね。マスクをしなくても外を歩けるそうなの」

「ワイバーンに捕まってたって、ワイバーンを倒したのか？」

「ううん、鷲掴みにされて運ばれてたんだけど、自力で脱出してたわ。あ、でも戦闘力は期待したらダメみたい。脱出する時の手際も見てたけど、全然戦いに慣れてなさそうだもの」

強くないのは事実だけど、ちょっと傷つくな。

そう思っていたら衛兵が僕を値踏みするように見る。

「追放者じゃないのか？　うちの居住区、移民の枠はないぞ。ただでさえ子供を産むことの許されない夫婦から苦情が来てるんだから」

「輸送隊《キャラバン》が来るまでの仮住まいよ。第三十八居住区に行きたいみたい。仲間の人とそこを目指してたんだって」

「……だったら本当に追放者じゃないのか。追放者がわざわざそんなところに行きたいわけないもんな」

そう言って衛兵さんは僕を見て、何やら納得した。

罪人の収容所があるっていうから治安がよくない場所なのだろうか?

「《鑑定》……賞罰の記載《きさい》はないな。坊主、名前は?」

「クルト・ロックハンスと申します」

「そうか。とりあえず、居住区に入る許可を出すが、正式な滞在許可は区長に貰え。それと、お前のいた居住区ではどうだったかは知らないが、この居住区に滞在する以上、この居住区の決まりは遵守《じゅんしゅ》してもらう。その都度ミレの奴から説明があると思うが、違反するようなら旅人だろうとしょっぴくことになる。居住者以外の人間が罪を犯したら、犯罪者の烙印が押されて区外追放だからな」

「はい、わかりました」

郷《ごう》に入《い》っては郷に従え。

現在の僕なら新世界の方では貴族特権があるお陰でこの決まりには半分従う必要がないんだけど、

それまではそれが普通だった。

国だけではなく、領地によっても様々な決まりがあり、旅人であってもそれに従うのが通例だ。

「あぁ、そうだ。輸送隊《キャラバン》以外の人間が居住区内に入る時は通行税を貰う決まりになってるんだが、お金あるか？　なければ働いて返してもらう必要があるが」

「いくらですか？」

「三万ポートだ」

「それなら払えます」

僕はマジックバッグの中からお金を取り出そうとして、大切なことに気付いて手が止まった。

「どうした？　やっぱりないのか？」

「一緒にいた仲間たちのお金、僕が纏めて預かっていたことに気付いたんです。僕がいなくなってみんな困ってるんじゃないかって思って」

鞄から取り出した一万ポート札を三枚、衛兵に渡して言う。

「逆に運がいいんじゃないか？　それが本当なら仲間たちは是《ぜ》が非《ひ》でもお前を見つけようとするだろう？」

「確かにそうですね」

三人なら僕がお金を持っていなくても探してくれると思うけれど、一般的な冒険者パーティだったらそういう感覚かもしれないので僕は同意した。

居住区の中に入る。

この居住区は人口が二百人らしい。

この居住区で主に育てられているのはジャガイモのようだ。

たぶん、小麦より作付面積あたりの収穫物《しゅうかくぶつ》のカロリー量が多いからだと思われる。

ジャガイモより量は少し劣るが米も育てているようだ。地下水を大量に汲み上げているので、稲作をすることもできるのだろう。

畑仕事をしている人たちがミレさんを見て手を振った。

ミレさんもそれに手を振って返す。

「いい居住区でしょ？　人は少ないけど、自然が多いの。それに、お年寄りだって働けなくなっても殺されるわけじゃないし」

そう言ったミレさんは笑っていた。

食事中も半分以上マスクをしたまま食べていたので、こうして顔を見るのは初めてだった。

「どうしたの？」

「あ、いえ、ミレさんってそんな顔なんですね」

髪とか瞳《ひとみ》とか肌とかの色が、この居住区の人とは違う。

ダンゾウさんに似ているかな？

祖先を辿っていけば同じ民族に辿り着くかもしれない。

「マスクしていると美人に見えるって言われるわね。ガッカリした？」

「……？　ミレさん、マスクない方が美人だと思いますけど？」

僕がそう言うと、ミレさんは不快そうな顔をする。

「もしかして、口説《くど》いているつもり？　だとしたら弱い男はお断りなんだけど」

「いえ、そんなつもりは――僕、婚約していますから」

「え？　婚約者がいるの？　もしかして一緒に旅をしているのって？」

心底驚いた表情でミレさんが尋ね返す。

「はい、そうです」

「そうなんだ。婚約者か。だったら、早く会えるといいね」

「はい！」

やっぱりミレさんは優しい人だな。

僕はこの出会いに感謝した。

居住区の中心には大きな建物があった。どうやらここはハンターギルドらしい。

この居住区はハンターギルドと呼ばれる、冒険者ギルドによく似た組織が行政、司法、立法など様々な役割を担っているとミレさんが教えてくれた。

ただし、ハンターギルドのギルドマスターは居住区全員の投票によって決まるらしく、それが理由で独裁政治には至っていないとミレさんに教わった。

そのため、ハンターギルドのギルドマスターが区長を兼ねているそうだ。

建物の中に入ると、ハンターと思われる人たちが入ってきた僕たちを睨《にら》みつけたが、同時に僕が背負っているものを見て顔色を変えた。

やっぱり、ミレさんの倒したワイルドボアが立派だから驚いているんだろう。

僕が知っているワイルドボアより五割くらい大きいもん。

「(おい、なんだ、あのガキ。見たことない奴だが、軽々とワイルドボアを持ち上げてるぞ)」

「(《身体強化》のスキル持ちか？　だが、並みの補助適性じゃ持ち上げられないぞ)」

「(見た目はヒョロガキだが、チョッカイをかけるのはやめた方がよさそうだな)」

みんなこちらを見て何やら囁《ささや》き合っている。

違うのはわかっているけれど、僕が注目されているみたいで気恥ずかしいな。

僕は少し顔を伏せ、ワイルドボアを下ろした。

「ミレさん、お帰りなさい――うわっ、これはまた大物ですね！　よく運んでこれましたね」

眼鏡《めがね》をかけた若い女性のギルド職員が驚いて声を上げた。

後から来た職員さんが数人がかりでワイルドボアを運んでいくと、彼女の視線はワイルドボアから僕へと移る。

「あなたが、クルト・ロックハンスさんですね。話は既に聞いています。輸送隊《キャラバン》の方が来るまでの一時滞在でよろしかったですね？」

「はい」

「この町には宿はございません。輸送隊《キャラバン》の方以外はいらっしゃいませんし、輸送隊《キャラバン》の方は全員荷車で休みますから。その代わり、ハンターギルド内の治療室《ちりょう》のベッドが空いていますので、そちらを使ってくださって結構です」

「ありがとうございます」

ベッドがなくても雨風を凌げるところがあれば別によかったんだけど、その厚意に甘えさせてもらう。

「ただし、ここはハンターの互助組織になりますので、クルトさんには輸送隊《キャラバン》が来るまでの間、ハンター登録をしていただき、こちらが指定する仕事を受けていただくことになりますが……よろしいですか？　もちろん、報酬《ほうしゅう》は別途支払いますので」

「え？　いいんですか!?」

ただで泊めさせてもらうのは忍びないと思っていたが、仕事を与えてくれるなんて。

本当にいいのだろうか？

「ちなみに、クルトさんは得意なものはありますか？　スキルとか」

ここで面接をするのかな？

なんか周囲の人が聞き耳を立てている気がするけど、たぶん旅人が珍しいからだろうな。

できることといったら、せいぜい荷物持ちと雑用くらいで、それ以外には何の自信も持てなかった。

でも、今は違う。

工房で働くようになって、僕は自分に自信を持てるようになった。

だから、僕ははっきりと言う。

「料理と掃除が得意です！」

「「結婚志望の女の子かっ！」」

周囲から声が上がった。

「（俺はアリだな）」

背後で誰かがポツリと呟いた時、背中に寒気が走る。

はっきりと聞こえなかったけれど、呪詛《じゅそ》の類《たぐい》かもしれない。

ハンターギルドでは、新人ハンターに呪詛を飛ばして、呪詛耐性を確認しているのだろうか？

「クルトさん、それ以外に得意なことは？」

「えっと、採掘《さいくつ》も得意ですね」

ミミコさんに適性を見てもらったところ、調理と掃除と採掘がBランクだったっけ。

「スキル適性はどうですか？」

「スキル適性――すみません、測定したことがないのでわかりません」

「あぁ、そうなんですか？　まぁ、測定器のない居住区もありますからね。では、ミレさん、すみません。ワイルドボアの買い取り手続きは解体場でお願いします」

「うん、わかったよ。クルト、しっかりね」

ギルド職員が数人でワイルドボアを台車に載《の》せ、ミレさんと一緒に外に出た。

そして、受付嬢さんとお話をする。

この受付嬢さん、雰囲気がなんとなくキルシェルさん——僕がお世話になったハロハロワークステーションの受付嬢さんに似てるな。

そういえば、キルシェルさんって銀行に出向になったみたいだけど、元気にしてるのかな？

いまヴァルハのハロハロワークステーションで働いている職員さんに聞いたら、出向《しゅっこう》という名の栄転だから問題ないらしいけれど。

「クルトさん、こちらがスキル適性を測定するための魔石になります。適性値はFランクからSSランクまで測定が可能です。腕輪に嵌めて使用してください」

まるでハロハロワークステーションの適性検査みたいだな——と思った。

なんでも、腕輪に嵌めると自動的に発光するそうだ。

その光の色でランクがわかるらしい。

「では、まず身体強化スキルの測定から」

「はい」

そして、スキル適性の測定が始まり——結果、何も起こらなかった。

受付嬢さん、スキルの腕輪を僕のものではなくギルド所有のスキルの腕輪に付け替えてみるけれど、やっぱり反応はない。

他の測定用の魔石を使ってみても反応がない。

「クルトさん、これは鉄化の魔石です。使ってみてもらえますか？」

「はい……えっと、どうやって使うんでしょう？」

リーゼさんは当たり前のようにスキルを使っていたけれど、どうやってスキルを使うかわからない。

うーんと力を込めてみる。

「あ、使えてますね」

「え？　本当ですか」

「ほら、この指の先——ちょっとだけ黒くなってます」

「…………」

こんなところに黒子《ほくろ》はなかった。

反対の手で触ってみると、少し異物がある感じがする。

鉄になっているということか。

「測定器の方は問題ないみたいですね。では、測定を続けましょう」

そう言って、次々に魔石を付け替えてはスキルを測定していく。

結果、どの魔石を使っても測定器は反応しなかった。

「あの、僕の適性って」

「どうやら、クルトさんのスキル適性は全てFランク未満——Gランクのようですね」

やっぱり別の世界の人間だからスキルの適性がないのだろうか？

そう思ったが、この世界でもスキル適性を持っていない人間も、ある程度いるらしい。

受付嬢さんは驚くでも同情するでもなく、淡々と書類を書き進めていった。

周囲から「なんだ、Gランクか」と呆《あき》れた声が聞こえてくる。

ハロハロワークステーションで初めて適性検査を受けた時のことを思い出す。

あの時も戦闘系の適性は全部Gランクだったっけ。

「（いや、待て！　今気付いたんだが、あいつスキルなしにワイルドボアを運んでたのか？　なんて馬鹿力だ）」

「（ふっ、俺はスキル適性結果がGランクだと言った瞬間にその論法《ロジック》から導き出したぞ）」

「（それを言うなら、俺は最初からあいつがスキルを使わずにワイルドボアを運んでいたことに気付いていたさ）」

「（嘘つけ）」

「（……アリ……だな）」

また悪寒《おかん》が走った。

もしもこれが虫の知らせというものなら、ユーリシアさんたちのことが心配だ。

でも、僕は自分のことを心配しないといけない。

仕事ができないなら、ハンターギルドで泊まることはできない——ってことはないよね？

「スキルがなくても仕事はありますから安心して今日はお休みください」

「…………はい」

そういえば、キルシェルさんにもこうやって仕事を紹介されたっけ。

あの時の建築現場の仕事は三日でクビになっちゃったけど、今度の仕事は頑張らないとな。

「じゃあ、部屋に案内しますから、今日はお休みください。狭い部屋で寛《くつろ》げないかもしれませんが」

「ありがとうございます」

案内された部屋は、受付嬢さんの言う通り狭く、ベッドだけが置いてある簡素な部屋だった。

最近、工房の豪華なベッドで寝ることが多かったが、昔、「炎の竜牙」にいた頃はゴルノヴァさんに男部屋から追い出されることも多々あったし、馬車を借りていた時は馬車の荷台で寝ていたので、それに比べればいい待遇だと思う。

「では、ワイルドボアの精算が終わりましたらお呼びいたしますので」

「何から何までありがとうございます」

「これも仕事ですから」

受付嬢さんはニッコリと営業スマイルを浮かべ、そう言ってくれた。

ようやく一人きりになれた。

寛ぐ前に、僕はニーチェさんを呼ぶためにマジックバッグから必要なものを取り出す。

まずは粘土《ねんど》。

これを捏《こ》ねて鉢植えの形にする。

その中に土と竜の糞の肥料を少量入れる。

肥料を入れすぎると、鉢を突き破って若木くらいにまで成長してしまうからだ。

このくらいでいいかな？

土に枝を突き刺し、水を与える。

枝が僅かに成長した。

ちょうど植木鉢に収まる大きさだ。

なんでもダンゾウさんのいた国では、こういう植木に入った木のことを盆栽《ぼんさい》といって、お金持ちの間で流行《はや》っていたらしい。

「ニーチェさん、聞こえますか？　聞こえたら返事してください」

木に向かって声をかける。

反応がない。

やっぱりもっと大きくしないといけないのだろうか。

そう思ったら、木の根元から小さな手が出てきた。

アクリよりも遥かに小さいその手が土を掴み、這い出してくる。

現れたのは身長十センチくらいのニーチェさんだった。

植木鉢の端に手をかけ、肩で息をする。

「……クルト様、ご無事だったんですか？

「ニーチェさんこそ大丈夫ですか？」　やっぱり植木鉢だといつもの大きさで具現化するのは無理でしょうか？」

「大きさは枝が成長しきっていないのが原因ですけど、私が疲れているのはここが結界の中だからです。どうやら、居住区の結界は地脈がほとんど通っていないみたいですね。なので外部からエネルギーが送られてこないんです」

「居住区の中にいる状態だと、アクリたちに転移してもらうのは難しいということですか」

「そうなります。転移するとしたら、居住区の外に植えてください。どちらにせよ、皆さん、今は近くにいないので連絡が取れませんが」

「え？　みんなどこに行ったのですか？」

「ワイバーンの巣の情報が手に入ったので、そちらに向かいました。明日までには戻るから、クルト様から連絡があったら、安全な場所で待つようにとのことです」

ユーリシアさんの冒険者としての行動力が裏目に出てしまった。

ミレさんに怪しまれるのを覚悟して、すぐにニーチェさんの枝を植えるべきだったか？

それとも正直に全部話したらよかったのかもしれない。

ニーチェさんに僕のいる居住区の番号を教え、ユーリシアさんたちが戻ってきたら連絡を取ってもらえるようにしておく。

もちろん、居住区の外に出る機会があるのなら、そこに新しくニーチェさんの枝を植え直すのもいいだろう。

そう思った時だ。

「――っ！　クルト様、失礼します」

ニーチェさんがそう言って僕の服の中に入った。

突然のことに何の反応もできずにいると――

「クルト、いる？」

ミレさんが扉をノックして尋ねてきた。

どうやらニーチェさんはミレさんの気配に気付いて隠れたらしい。僕なんか足音にも気付かなかったのに。

「はい、います」

僕が返事をして扉を開けると、ミレさんが浮かれ顔でいた。

「さっきワイルドボアの精算が終わってね。魔物討伐料と買い取りの代金を貰ってきたの。それで、毛皮と精肉の買い取り代金が解体費用除いて八万ポートだったのよね」

そう言ってミレさんが皺《しわ》だらけの一万ポート札を八枚見せてくれる。

そしてそのうちの半分の四枚を僕に差し出した。

「これ、クルトの分ね」

「僕の分ですか？」

「そうよ。クルトがいなかったら半分も運べなかったんだし当たり前よ。魔物討伐料は私だけ貰ったけど、こっちは渡さないと公平じゃないでしょ」

「ありがとうございます」

仕事を認めてくれたってことだよね？

少し顔の緊張が緩んだ気がした。

そんな僕を見て、ミレさんも笑みを浮かべる。

「ところで、クルト。そこに置いてある植木鉢ってどうしたの？　この部屋にあったもの？」

「あ、これは僕の私物で……」

《収納》のスキルで入れていたって言うべきか？

でも、僕のスキル適性はGランクだから、そんなスキル使えるはずがないってバレるよね？

「鞄の中に入れてたんです」

「鞄の中に？　え？　その大きさの鞄に入ってたの!?」

しまった！

この世界には魔法が存在しない。僕の世界では当たり前に使われているマジックバッグも、この世界では異端扱いされるのかもしれない。それにスキルを使えないことはさっきバレたばかりだし……どう誤魔化《ごまか》そう。

「えっと、僕、収納上手でして」

「収納上手で入る大きさじゃないと思うけど……まぁいいわ」

ミレさんの興味は鞄の大きさから植木鉢に移った。

僕は胸を撫で下ろす。

「クルトって盆栽が趣味《しゅみ》なの？　渋《しぶ》い趣味しているわね」

「いえ、趣味ってわけでは……あの、ミレさん、どうしたんですか？」

突然ミレさんが険しい顔で何やら考え込む。

どうしたんだろ……もしかしてミレさん、この木が普通の木じゃなくて、精霊が宿っている木だって気付いたのだろうか？

「クルトって採掘が得意なのよね？　遺跡の調査とかしたことある？」

「遺跡――はい。何度か」

ミミコさんからの依頼で、ラプラス文明の遺跡の調査をしたことがある。

隠し部屋を見つけたり、昔の文字を解読したり、普通のことしかできなかったけれど。

僕がそう言うと、ミレさんはもう一度、間を置く。

「明日の朝、もう一度来るわ。食堂はハンターギルドの裏にあるわ。日替わり定食なら八百ポートでおなかいっぱい食べられるからお勧めよ」

ミレさんはそう言うと部屋を出て行った。

ニーチェさんが僕の服の中から出てくる。

「この世界の遺跡ということは、古代文明の何かが眠っているのでしょうか？」

「どうなんだろ？　でも、遺跡の調査に行くことができるのなら、隙《すき》を見てニーチェさんの枝を植えることができるね。じゃあ、僕はミレさんに勧められた食堂に行ってみるよ」

「待ってください、クルト様」

ニーチェさんは植木鉢をじっと見て――

「植木鉢を窓辺の太陽が当たる場所に置いてください。光合成をしたいので」

日当たりのいい位置に置き直すように指示した。

それからミレさんに紹介された食堂に行って、日替わり定食を頼むと、ワイルドボアの肉が山盛りで提供された。

野菜や穀物が少ない状態で、肉ばっかりの食事。

栄養バランスが悪いように思える。

僕も光合成できたらよかったのに。


翌朝。

僕のところに訪れたのはミレさんではなく二人の男の人だった。

一人は四十歳くらいのバケットハットを被っている男の人。

もう一人は二十歳くらいの男の人だ。

「君が旅人のクルトか……」

バケットハットの男性が僕をじっくりと観察するように見る。

無言が続く。

えっと、誰なんだろう？

「父上、自己紹介がまだです。こちらはハンターギルドのギルドマスターで、この居住区の区長のハーレルです。私は息子で秘書のハイルと申します」

「区長様っ⁉　失礼しました。クルト・ロックハンスです」

僕は慌てて頭を下げた。

ハーレルさんとハイルさん、どちらも髪は茶色いけれど顔はあまり似ていないから親子だと気付かなかった。

「昨日からお世話になっています。挨拶《あいさつ》できずに申し訳ありません」

「特に世話をした覚えはない」

そう言うと、ハーレルさんは特に何も言わずに部屋を出た。

怒っているのだろうか？

「気になさらないでください。父はいつもああなので。それに、父は昨日ハンターギルドにはいませんでしたから、挨拶できなくて当然ですよ」

ハイルさんがそう言って僕をフォローしてくれた。

そして、彼は礼儀正しく頭を下げ、部屋を出た。

入れ替わるようにミレさんが中に入ってくる。

「クルト、ギルマスが来てたけど何してたの？」

「挨拶に来てくれたみたいです。本当だったら僕の方から行くべきだったのに……どうしよ、改めて挨拶に行った方がいいのかな？　クッキー焼いて持っていったら逆に失礼かな？」

「クルトって私より女の子みたいって思ったけど、どこかおばさんっぽい？」

「えっ⁉」

女性っぽいって言われたことはあるけど、おばさんっぽいって言われたのは初めてだ。

でも、そういえばお母さんが近所に挨拶に行く時、よくクッキーを焼いていったことを思い出すと、あながち間違っていないかもしれない。

「挨拶は必要ないと思うよ。ギルマスって、なんか壁があるのよね。あんまり人を寄せ付けないっていうか。クッキーを持っていっても『区長への贈り物は居住区の規則で禁止されている』とか言って受け取ってくれないと思うよ。まぁ、仕事はしっかりしてるし、強いから評判はいいんだけどね。悪い人じゃないのは確かだし」

そう言うミレさん自身も、ハーレルさんに信頼を寄せているみたいだ。

本当に凄い人なんだろうな。

「それでクルト、ハンターの仕事のことなんだけど」

「はい！　僕にできることならなんでもします！」

「……その顔でなんでもしますって言わない方がいいわよ。まぁ、そんな難しい話じゃないわ。これから遺跡の調査をすることになるの。三日くらい居住区を離れることになるから準備しておいて」

「遺跡の調査ですか？」

「そう。ずっと申請してたんだけど、やっと許可が下りてね。遺跡で見つかったものは好きにしていいから、うまくいけば一攫千金《いっかくせんきん》よ。クルトは遺跡調査の経験があるんでしょ？　どんなことをしたの？」

「僕が遺跡を調査で見つけたのは、歴史的の価値のあるミスリル製の金属食器くらいで、お金になるものではなかったですね」

「ミスリル？　聞いたことない金属だけど、でも歴史的価値があるなら少しはお金になったでしょ」

「公的機関の調査だったんで、そういうものは全部保存することになったので、お金にはならなかったです」

あれ？　ミスリルなんてどこを掘っても出てくる金属だと思うんだけど、この大陸には埋まってないのかな。

そういえば、ハスト村以外でも、ミスリルが使われていることはあまりなかった。

妙な話だ。

どこでも採れるはずのミスリル——なのに使われているところを見たことがない。

この矛盾《むじゅん》の原因はいったい何だろう？

ミスリルって食器に使うと解毒《げどく》効果もあるし、磨《みが》くと綺麗だし、なにより硬くて丈夫だから使い勝手がいいと思うんだけど。


——もしかしてっ⁉


僕は一つの真理に辿り着いた。

そうか、僕は大きな勘違いをしていた。

てっきり、普通の家では陶器《とうき》のお皿を、貴族は銀のお皿を使うのが一般的で、ミスリルを使うという発想がないだけだと思っていたけど……違ったんだ。

きっと、ミスリルはどこにでもある金属すぎて、それを使うのが恥ずかしいことなんだ。

考えてみれば、高級食器の店で売っているガラスや陶器の食器なんかは非常に高い値段で売られているのに、なぜか木の床に落としただけで割れてしまいそうな強度だ。

普通に作ればガラスの食器なんて、鉄板に放り投げても割れるものじゃないのに。

それで僕は気付いた。

たぶん、食器は割れやすいものほど重宝《ちょうほう》されているのだ。

やってしまった。工房に帰ったら、ちゃんと割れやすい食器を作ろう。

……触れただけで真っ二つに割れるカップとかはさすがにやりすぎかな？

やっぱり落としただけで割れる強度がちょうどいいのだろう。

んー、限界を見極めるのが大変そうだ。

「クルト、どうしたの？」

「あ、すみません。ちょっと、どのくらいの硬さがいいか考えてて」

「だからクッキーは必要ないって、私は硬い方が好きだけどね。それで、遺跡の調査、クルトも一緒に来てくれる？」

「僕でよければ。いつでも出発できます」

居住区の外に出ることができるのなら、ニーチェさんの枝を植える機会もあるだろう。

それになにより、お世話になったミレさんやハンターギルドのみんなに恩返ししたい。

「本当に？　じゃあ今すぐ出発できる？」

「はい！　荷物は全部持ってますから」

「そういえば、クルトってワイバーンに攫われて荷物それだけだったね。でも、ちゃんと水筒は持っていってね」

「あ、水筒は持ってます。水も十分入ってます」

僕は鞄の中から水筒を取り出す。

「クルトの鞄って色々入ってるのね。そういえば落下傘や調理器具もその中に入ってたっけ？　収納上手は伊達《だて》じゃないわね。今度、私の家の整理を手伝ってもらいたいわ」

「いつでも手伝いますよ」

僕がそう言うと、ミレさんはジト目で僕を見つめる。

「……あんまりそんなことばかり言ってると、婚約者に愛想《あいそ》尽かされるわよ？」

「え？」

なんでだろう？

お世話になった人の部屋を掃除して怒る二人じゃないと思うけど。

僕はミレさんと二人で居住区から歩いていく。

目的地はここから歩いて半日のところにあるらしく、夜までには着くとのことだ。

「どんな遺跡なんですか？」

「第百二十一居住区。十五年前に結界を維持《いじ》する装置が壊れ、廃棄《はいき》された居住区よ」

邪素吸着マスクを着けたミレさんが説明をしてくれた。

遺跡って言うから古代文明のものかと思っていたけれど、廃棄された居住区のことも遺跡と呼んでいるらしい。

「お金になるものがあるんですか？」

「まぁね。居住区の結界が破れた直後、化け物が現れて居住区は瓦礫《がれき》の山になったから、お金とかお金になるものとか瓦礫の中に埋もれたままなのよ」

化け物？

それって、もしかして――と思った時だった。

突然、空が暗く染まる。

「噂をすれば……クルト、一応岩陰に隠れるわよ」

ミレさんの指示で僕たちは近くの岩陰に隠れた。

息を潜めていると、五キロほど離れた場所に、それは突如として現れた。

空を貫くように高い、巨大な化け物。

それが人のように二足歩行で歩いている。

――あれはきっと、禁忌の怪物だ。

シーン山脈に現れた時、僕は意識を失っていて、見ることができなかった。

古代文明で無限の魔素を生み出す存在として作られ、そして暴走に至り、世界を破滅へと導いた元凶。

姿かたちは、シーン山脈に現れたものをユーリシアさんから聞いたのとそっくりだった。

「あれって――」

僕は鞄の中から小型の望遠鏡を取り出して、その禁忌の怪物の足下を見た。

そこで僕が見たのは、禁忌の怪物の足下から魔物が現れている光景だった。

凝縮《ぎょうしゅく》された魔素が魔物に変容しているのだ。

「クルト、隠れてって言ってるでしょ。離れているから大丈夫だと思うけど、見つかったらヤバいんだから……大丈夫、しばらくしたら奴は消えるわ」

「すみません」

僕は謝罪して再び岩に隠れる。

しばらくして、空が明るく戻り、禁忌の怪物の姿は消えていた。

ただし、魔物だけはその場に残っている。

「もういいわ。行きましょう」

ミレさんは何事もなかったかのように僕に言う。

「魔物はそのままでいいんですか？」

「そのうち散らばるわよ。あの場所なら居住区の見張り台からも見えていたでしょうし、今頃ハンターギルドは大忙しね。居住区の近くに発生したのなら、魔物を運ぶ手間も少ないし」

魔物を脅威ではなく、食肉と捉えているようだ。

居住区の中にいたら魔物に怯《おび》えることはないから、そういう考えになったのかもしれない。

たぶん、魔物による被害だけでいえば、結界のお陰で旧世界の方が僕たちの世界より遥かに少ないのだろう。でも、その結界を維持するには、この魔素に満ちた世界でなければならないはずだ。

あの結界の維持には相当な魔力が必要だと思う。

「本当はそろそろお昼ご飯食べたかったんだけど、魔物から少し距離を取りましょ」

ミレさんに従って、僕たちは移動を開始。

結局お昼ご飯を食べたのは一時間後だった。

既に遠くには目的の第百二十一居住区が見えているけれど、ここから歩いていったら三時間くらいかかるだろう。

「料理は僕が作りますね」

そう言って鞄の中から調理器具と食材を取り出す。

そうだ、せっかくだし魚料理でもしようかな？

干物になった魚がたくさん鞄に入っているのだ。

塩気もあるし、スープにしよう。

焚《た》き火の準備よし。

食材の準備よし。

じゃあ、あとは温めるだけ。

「ちょっと待って！　え？　いつの間に火を熾したの？　ていうか、もういい匂いがしているんだけど、料理ってそんなに早くできるもの？」

「普通に火を熾して普通に料理の準備をしただけですよ？　この魚、前に立ち寄った居住区で買ったんです。初めて調理する魚なので美味しくなかったらごめんなさい」

「こんないい匂いがして美味しくないわけないでしょ……いただきます」

僕が器に入れたスープと匙《さじ》をミレさんは受け取る。

そして、ミレさんは器と匙を見て――「これもか」と呟いてスープを一口飲む。

「………」

「え？」

ミレさんが泣いていた。

突然のことに僕は驚く。

「ミレさん、どうしたんですか？」

「美味しすぎるのよ。なに、このスープ」

「味噌っていう調味料を使っている魚のスープです」

「ミソ……聞いたことないけど、どこかほっとする味ね」

そう言ってミレさんは涙を拭わないまま魚の味噌スープを飲んだ。

その時だった。

「――クルト、まずいわ！　すぐに逃げるわよ！　荷物は置いて走って！」

ミレさんが突然僕の腕を引いて走り出す。

何事だろうかと思っていたら、空からワイバーンが降りてきて、味噌スープを鍋ごと掴んで飛び去っていった。

「あれ、クルトを攫ったワイバーンじゃない？」

「たぶん……」

「なるほど。クルトが襲われたのは美味しそうなご飯の匂いにつられたせいだったのね」

ミレさんはそう言ってマスクを着けると、僕に居住区の外ではあまり料理を作らないようにと注意した。

はぁ、やっちゃったな。

ワイバーンが戻ってくるかもしれないので、休憩《きゅうけい》を切り上げ、第百二十一居住区へと急ぐ。

そして、ようやく居住区の入り口に入った。

ミレさんの言う通り、かなりの荒れようだった。

遠くから見ただけだとはっきりわからなかったが、城壁もかなり崩れているし、中の建物も大半が崩壊していた。

これだと、ヴァルハの西のラプラス遺跡の方が、建物としての原型を保っているように思える。

「はい、クルト」

ミレさんが僕に差し出したのは干し肉だった。

「クルト、何も食べられなかったでしょ？　だから私の干し肉分けてあげるわ。スープのお礼」

「いいんですか？」

「お腹が空いて力が出なかったら困るからね」

「ありがとうございます」

僕はミレさんにお礼を言って干し肉を食べた。

たぶん、蛇《へび》の肉だと思う。

臭みが残っているし、塩が多すぎて肉のうまみを十分出し切れていないし、噛《か》めば噛むほど水分が失われていく気がする。

だが、とても優しい味がした。

それ以上に喉が渇くけど。

「クルト、あんまりお水ばっかり飲んでると水がなくなっちゃうわよ。トイレも近くなるし」

「はい、気を付けます」

この水筒、魔法晶石を埋め込んでるから魔力が持つ限り水が出てくるんだけど、確かに飲みすぎるとトイレに行きたく……あ！

「すみません、ちょっとトイレに行ってきていいですか？」

「もう、言ってるそばから。いいわよ、魔物の気配も感じないし、そのあたりの瓦礫の陰で済ませちゃって。私は周囲を見てくるから」

「はい」

僕はいそいそと瓦礫の陰に行き、鞄からニーチェさんの枝を差している植木鉢を取り出して植え直した。

ここなら転移してきても誰かに見られることも気付かれることはないだろう。

あまり成長しすぎたら気付かれるので、肥料は使わず、ただ植え替えるだけだ。

地面の下からニーチェさんが現れる。

昨日より出てくる速度は速いけれど、大きさはそのままだ。

やっぱり木の大きさと身体の大きさが連動しているのだろう。

「クルト様、ここはどこですか？」

どうやら、地脈で場所と場所を繋ぐことはできても、地理的な情報はわからないらしい。

「第百二十一居住区です。えっと、前にユーリシアさんが持っていた地図でいうとここですね」

僕はミレさんに気付かれないように素早く記憶の中の地図を白紙の紙に書き写して、ニーチェさんに見せた。

「理解しました。ここからならアクリ様の力で転移できますね」

「あれからユーリシアさんたちから連絡はありました？」

「いいえ、まだワイバーンの山から戻っていません。明日までには戻ると思うのですが」

「そうですか……ニーチェさん、すみません。ミレさんを待たせているので」

「はい。結界の外は魔物も多いですから気を付けてください。禁忌の怪物と呼ばれる存在もいるようですし」

「はは……遭遇《そうぐう》しましたよ。とても怖い状態でした。片足がなかったとはいえ、皆さんよく勝てましたね」

「…………ソウデスネ」

なぜかニーチェさんは明後日《あさって》の方向を見て同意した。

「クルト、あっちにいつもベースキャンプに使っている場所があるから、そこで今夜は一泊しましょ」

ミレさんに案内されて居住区の中心部へと向かう。

何度か調査されているというだけあって、この周辺でも安全な場所の確保はできているらしい。

そう思ったんだけど……

「これ……ですか？」

「ええ……三年前の調査ではここで休んだって聞いてたんだけど」

かつての調査の際にベースキャンプとして使っていたという教会だった建物は、瓦礫の山になっていた。

このまま寝るのは難しそうだ。

「ごめん、クルト。事前にこうなってることも想定しておくべきだったわ。待ってね、すぐに新しいキャンプの場所を探してくるわ」

「待ってください！　あそこに地下室の入り口があると思うので、そこなら安心して休めるかもしれません」

「え？　地下室？」

僕は適当に瓦礫をどけて、場所を確保した。

そこには傷だらけの床板が残っていたが、それを引っぺがすと、地下に続く穴が現れる。木の梯子《はしご》もあった。

「こんなところに地下室があったんだ。でも、大丈夫？　空気が澱《よど》んでたりしない？」

「大丈夫です。たぶん、空気を浄化する道具があるみたいです」

ただ、木の梯子はずいぶんとボロボロになっているので、とりあえず空から落ちてくる時に使った布で縄梯子を作って引っかける。これなら木の梯子が壊れても落ちることはない。

「もう、器用ってレベル超えてるわね。ちょっと待って――」

ミレさんが地下を見て《鑑定》と呟く。

「邪素が見えない。本当に空気を浄化してるのね、こんな設備があったなんて。とりあえず、私から先に下に降りるわ。クルトはあとから来て」

「はい、わかりました」

ミレさんが梯子を伝って下に降りていく。

大丈夫だという声がすぐに聞こえたので僕も降りた。

地下室はいくつかの部屋に分かれていた。

部屋の上部にはダクトのようなものがあり、この部屋だけでなく他の部屋の空気も浄化されているらしい。

ランプを取り出して、周囲を探ってみると、スイッチを見つけた。

「これ、照明のスイッチですね」

押すと天井が光った。

天井板に魔法晶砂《まほうしょうさ》――魔法晶石を砕《くだ》いたものが練り込まれていて、それが光る仕組みになっているようだ。

「なに、いったい!?」

「落ち着いてください。ただの照明ですから」

「ただのって……まぁいいわ。他の部屋を見てみましょ。こんな立派な施設なら、何かお金になるものがあるかもしれないわね」

ミレさんがそう言って扉のノブに手を掛ける。

だが、手がなかなか回らない。

「ミレさん、どうしたんですか？」

「うん……ちょっと緊張してね」

「罠《わな》とかそういうものはないと思いますが」

「そうじゃなくて……あぁ、うん、そうね。大丈夫」

ミレさんはそう言うと扉を開ける。

そこにあったのは倉庫のようだ。

たぶん、使われたのはこの居住区が廃棄されるよりさらに古い、それこそ古代文明の時代にまでさかのぼるかもしれない。

倉庫にあった紙類——たぶん千年くらいは保存できる紙を使っていたと思うんだけど、それすらも劣化している。触れただけでボロボロになりそうだ。

時間があったら復元作業をしたいところだ。

ミレさんが興味を示したのは、魔道具類だった。

といっても、珍しいものはないようだが。

「これ、遺物よね！」

「遺物？」

「クルト、遺跡の調査をしているのに遺物も知らないの？　天上世界に行った人たちが残した、どうやって作るかわからない道具のことよ」

魔道具の製法は途絶えたが、魔道具そのものは残っていて、それらが遺物と呼ばれているらしい。

「高く売れるわよ。クルトが見つけた部屋だけど、遺物を見つけたのは私なんだから、取り分は半々でいいわね」

「はい、僕はそれでいいです」

「……そこはもうちょっと欲張ってもいいのよ？」

なぜか、ミレさんがそう言うけれど、別にそこまでお金に困っていないので、本当にそれでいい。

「次の部屋を見てみましょ」

さっきまでとは打って変わって、浮かれ気分でミレさんは別の部屋を開けた。

食糧庫だった。

缶詰を保存しているらしい。保存していたのが缶詰でよかった。

それ以外だったらと思うとゾッとする。

とはいえ、さすがに開けて食べる勇気はない。

ミレさんは缶詰を知らないらしく、「開けてみましょ」と言い出したので、すぐに止めた。

「これが最後の部屋ね。一番豪華な金属扉よ。宝物庫かもしれないわね」

「はい、でも鍵がかかっていますね」

「開けられる？」

「やってみます」

僕は鞄の中から針金を取り出して、それを中に入れようとして気付く。

鍵穴はフェイクだと。

中に何かが入れば警報装置が作動して、たぶん天井付近に設置されているガスが噴射《ふんしゃ》される仕組みになっている。

警報装置が生きているかどうかはわからないけれど、鍵穴を弄《いじ》ったところで扉は開かないだろう。たぶん、周囲の壁や天井、床なども同じで、扉以外から入ろうとしたら罠が作動する仕組みになっていそうだ。

かなりの厳重っぷり。

本当に宝物庫かもしれない。

搦《から》め手が無理なら正攻法で行くしかないか。

「クルト、何してるの？」

「たぶん、この扉は特定の人とその子孫、またはその人に許可を貰った人にしか開けられないようになっているみたいなんです。だから、その情報を書き換えています。野生のゴーレムを捕まえて、その情報を書き換えるみたいなものですね」

「ゴーレムの情報を書き換えるって、そんなのできるの？」

「はい。僕のいた村……居住区ではみんなやっていました。力仕事を任せるのに便利なんです」

「クルトの居住区って……いや、なんか聞いたら泥沼のような気がするからいい」

空っぽのダンジョンコアを取り出して魔力を流す。

この世界の人間は魔法が使えないが、それでも魔力を持っていないわけではない。

僕が魔力があっても魔法が使えないのと同じだ。

人間の魔力にはパターンというものがあり、例えば親と子、孫と共通する魔力の波動というものがある。

きっと、この扉はその魔力の波動に応じて開く仕組みになっているのだろう。

「簡単に開けられそうなの？」

「そうですね。情報がだいたい二の四十八乗くらいあるんですけど、人の魔力には共通する因子の部分もありますので、そこを抜けば、ざっと二の十六乗くらいのパターンの情報を流し込めばどれかヒットします」

「二の十六乗？　私、計算得意じゃないんだけど、それって簡単なの？」

「はい、簡単ですよ。約六万五千通りの情報を流せばどれか引っかかりますので。ミレさんは休憩して待っていてください」

「六万五千っ⁉」

ダンジョンコアを使って、僕の魔力を一秒あたり百通りに変化させる。

それなら総当たりで行っても平均六分弱でどれかが引っかかる。

たぶん、本来の警備システムなら、ここで六分もじっとしていれば、監視用の映像装置に引っかかり、警備の人が駆け付ける仕組みになっていたんだろうけれど……もうそんな心配はない。

僕は運が悪いらしく、扉が開くまで八分くらいかかった。

扉から「ガチャッ」という音が聞こえる。

「開きましたよ」

「………本当に開くんだ。ただ綺麗な水晶玉を手の上に載せてじっとしてるだけにしか見えなかったんだけど。クルトって実は凄い奴？」

「そんな、普通ですよ」

僕は謙遜《けんそん》ではなく事実を述べる。

魔法が衰退《すいたい》した世界ではできないのは仕方のないことだけど、そうでないのならこんなの誰でもできることだ。

扉を開けると、自動的に奥の部屋の明かりがついた。

中にあったのは飛空艇の動力並みに大型の魔道具だ。

何かの施設のようだ。

「これ、なに？　動いてないみたいだけど」

ミレさんがそれを見て尋ねる。

見覚えがないみたいだけど、たぶんこれはどの居住区にもある装置だと思う。

「これが結界を維持する装置のようですね」

「っていうことは、これが壊れたから結界が止まったの？」

僕はメンテナンス用の蓋を開けて、中を見る。

魔力回路は途切れていない。

うん、昔の人はよく考えて作っているようだ。

ところどころ感心させられる技術も組み込まれている。

ウラノおじさんに見せたら喜びそうだな。

「止まった原因はわかりませんが、壊れてはいないみたいですね」

「じゃあ、動かせば居住区が元に戻せるってこと？」

「これは結界を維持するだけなので、発生する装置を見てみないとわからないです」

「そっか。でも大発見ね！　ギルドに報告したら報奨金がたっぷり貰えそう」

「よかったです！」

ミレさんやハンターギルドの役に立てて、僕はほっと胸を撫で下ろした。

この日は、このまま部屋で寝ることにした。

夕食はマジックバッグの中に入れていたパンを食べることにした。

「……クルトの鞄、なんでも入ってるわね。ジャムが欲しいって言ったら出てくるの？」

「なんでも入ってるわけじゃないですよ。あ、でもジャムならあります」

「あるんだ!?」

パパモモの実で作ったジャムが入っている瓶を渡すと、ミレさんは不思議そうに僕の鞄を見た。

元々、作業用の道具しか入れていなかったマジックバッグだけど、こっちの世界の調査で何が必要かわからないから、手当たり次第にいろんなものを入れてきたんだよね。

……そういえば、ゴルノヴァさんとマーレフィスさんに渡したマジックバッグの中にもいろんな食べ物を入れておいたんだけど、二人ともちゃんと食べられているだろうか？

僕なんかが心配するなんておこがましいって、ゴルノヴァさんに怒られるだろうけれど、やっぱり心配だな。

「クルト、やっぱり婚約者とはぐれて寂《さび》しい？」

「え？　はい、それはもちろん」

思っていたのはユーリシアさんとリーゼさんのことではないんだけど、二人と会えないのも寂しいので頷いた。

「そうよね、家族は一緒にいるものよね」

そう言ったミレさんの表情は、たぶん僕以上に寂しそうだった。

ミレさんの家族はどうしているのだろう？

踏み込んだ質問をしていいのかどうか悩む。

「私ね、家族いないの」

するとミレさんが自分から話し始めた。

「ていうか、覚えてないのよね。十五年前、ここの結界が壊れた時、怪物が襲ってきてね。住民の大半はその怪物や現れた魔物に殺されて、ギルドマスターがハンターを連れてここに来た時は手遅れだったみたい。ただ、瓦礫の隙間で見つけた唯一の生き残りが私だったの」

そうか、ミレさんはここの出身だったのか。

「じゃあ、ミレさんの家族は――」

その時に死んだのだろう。

そう思っていたら、ミレさんの話は少し違った。

「それが……わからないのよ。私、ギルマスに拾われる以前の記憶がないのよね。たぶん、居住区を壊された恐怖でどうにかなっちゃったんだと思う。だから、私にそもそも家族がいたのかどうかすらわからないの」

「記憶喪失《きおくそうしつ》ですか……すみません、僕もよく記憶喪失になるのでどうにかしたいんですけど、治す薬がなくて」

「そんなの期待していないわよ。ていうか、クルトってよく記憶喪失になるの？」

「はい。なんか僕たちって急に気絶して、一日分の記憶が飛んじゃうんですよね。うちの居住区の

いわよ」

「あはは、慰《なぐさ》めてくれるのは嬉しいけど、もっと上手な嘘をついてよね。そんな病気聞いたことな
風土病みたいで」

ミレさんはそう言って笑った。

「だからね、遺跡の調査ってのも、半分は私のルーツ探しみたいなものなのよ。さっき、この地下に来た時に緊張してたのも、こういう場所なら住民に関する資料が残ってるかもしれない、私のことがわかるかもしれないって思ったからなんだ。とはいえ、今や当時のもので私に残ってるのは、この髪飾りくらいなものだし、簡単にわかるなんて思ってないけどね」

ミレさんは黒い髪に付けられた音の出ない鈴《すず》の髪飾りを外して、やはり寂し気な表情でそう言った。

僕もルーツ探しに協力しよう。

そう思った。

空気の換気システムのお陰か、地下の温度や湿度は一定で非常に快適だったため、ゆっくり寝ることができた。

朝になって地上に戻っても特に周囲に変化はない。

空も相変わらず霧に覆われていた。

今日の仕事は居住区の調査。

特に損壊の激しい建物の瓦礫を撤去《てっきょ》して、何か使えそうなもの、当時の資料として価値のあるものなどを探していく。

途中、たぶん禁忌の怪物が現れた時に建物の下にいたと思われる人の遺体を見つけた。もう骨だけになっていたし、破損も激しかったけれど、瓦礫の中から出して埋葬《まいそう》する。

大きな屋敷のあった瓦礫を撤去すると、鉄の金庫が見つかり、中からポート札が出てきた。

これらは一度ハンターギルドに持ち帰り、大半はそのまま僕たちの報酬になるらしい。

金庫もまだ使えそうなので持ち帰ることにした。

ただし、やっぱりミレさんの家族の手がかりになりそうなものは何も見つからなかった。

「簡単に見つかるとは思ってないわよ。それに、結構いろんなものも見つかったし、お金もいっぱい手に入ったんだから来てよかったわね」

「……はい」

僕が頷いた時、遠くに人影が見えた。

ゆっくりと歩いてこっちに来る。

それも一人じゃない。何人もの姿がいる。

僕たちのような調査に来たハンターだろうか？　それとも、元々この居住区に住んでいた人が様子を見るためにやってきたのだろうか？

……ってあれ？　ちょっと人数が多すぎる気がする。

一人や二人じゃない。

それに、逆光でよく見えないけど、なんか腐《くさ》ってない？

「ゾンビ!?　え？　なんで不死生物《アンデッド》が出てくるのよ」

「このあたりってゾンビがよく出てくるんですか？」

「滅多に出ないわよ。クルト、逃げるわよ。あいつら頭を潰さない限り死なないから私じゃ簡単に倒せないわ。あいつら足は遅いから慌てる必要はないわよ」

「はい！」

僕は金庫を背負って、居住区の入り口へと向かった。

しかし――

「うそっ」

入り口付近にも大量のゾンビがひしめいていて、まるで僕たちが逃げるのを阻もうとしているようだ。

「こっちっ！」

ゾンビから逃げるように僕たちは走る。

おかしい、逃げるたびにゾンビが回り込んでいる。

「クルト、気付いてる？」

「はい、おかしいですね。まるで、どこかに追い込まれているみたいです」

ゾンビはスケルトンと同様、知能が低いから、地形を把握して獲物を追い詰めるようなことはしない。前にヴァルハを襲ってきたスケルトンも一直線にしか進めなかった。

だから、気のせいだと思いたかった。

ただの偶然、そのはずだ。

進んだ先にはゾンビはいなくて、壊れた城壁の隙間から外に逃げることができた。

――なんてことにはならない。

僕は忘れていた。

冒険というものは危険に満ち溢れているのだと。

「囲まれた」

ミレさんが舌打ちをする。

「ゾンビに出し抜かれるなんて」

「ミレさんだけでも逃げてください。ミレさんならゾンビの壁を抜けることができるでしょう」

僕は荷物を下ろして言う。

「そんなことできるわけないでしょ！」

ミレさんがそう言ってボウガンを構えて放つ。

一発ゾンビの頭に命中したが、それでも倒れない。

「二人揃《そろ》ってゾンビの餌になるより、ミレさんだけでも外に行ってください！　昨日、魔物が大量発生してハンターさんも大勢近くにいるんですから、誰かがこの近くにいるかもしれません。救援を呼んできてください」

「そんな偶然あるわけないでしょ……ていうか、それも無理と思うわ。ゾンビが集まってきてる。この数を切り抜けるのは私でも無理」

ミレさんの言う通り、僕たちを囲むゾンビの壁は厚みが増してきていた。

「クルト、焚き火！　火を起こして！」

「わかりました！」

僕は鞄の中から薪《まき》を取り出して火をつける。

ミレさんは今度は矢をゾンビの足へと射る。

足を射抜かれ倒れるゾンビだが、他のゾンビがそれを乗り越える。

ミレさんがそのゾンビたちに向かって火のついた薪を投げた。

ダメだ、全然怯《ひる》んでない。

そして、だんだんゾンビの壁は僕たちに迫ってくる。

このままゾンビに食べられてしまう前に、何か対抗手段を――と思った時だった。

地面から木の根が現れてゾンビたちを薙ぎ払う。

そして、その木の根とともに現れたのは――

「ご無事ですか、クルト様」

小さいサイズのニーチェさんだった。

異変に気付いて駆け付けてくれたらしい。

「え⁉　誰⁉　子供っ⁉」

突然現れたニーチェさんに僕は安堵《あんど》し、ミレさんは戸惑った。

「クルト様、油断しないでください。無理に根を伸ばしているので力が出ません」

そう言って、ニーチェさんは木の根を伸ばしてゾンビの頭を貫く。

しかし、その木の根をゾンビたちが齧《かじ》る。

ニーチェさんも身体が小さいため、本調子じゃないようだ。

今から地面に穴を掘って地下を移動――ううん、ゾンビって土の中から這い出してくる魔物だから、土の中に逃げても追いかけてくる可能性がある。

このままじゃ全員ここで――

「……クルト様――時間がありません。魔法銃、持っていますね？」

ニーチェさんが肩を上下させて呼吸しながら僕に尋ねた。

「はい。持ってます。でも、僕が使ってもゾンビをやっつけることは――」

「それを空に向かって撃ってください。まっすぐです」

空に銃を撃つ？

なんのために？

いや、疑問に思う時間はない。

僕はニーチェさんを信じて、鞄の中から魔法銃を取り出すと、追尾機能をオフにし、空に向かって撃った。

眩《まばゆ》い光とともに魔力が飛んでいき、空を覆った霧を貫いた。

霧の向こうには青い空が見える。

「…………綺麗」

ミレさんが、おそらく初めて目にするであろう青空を見てそう呟いた。

でも、ゾンビたちはお構いなしに僕たちに近付いていく。

ニーチェさんもこのままでは――

そう思った時、空の穴を何かが横切った。

「こんな時に……最悪ね……」

横切ったのはワイバーンだった。

そのワイバーンは旋回しながらこちらに近付いてくる。

ゾンビだけでも手いっぱいなのに、この上でワイバーンが来るなんて。

……あれ？

僕はワイバーンを見てあることに気付いた。

「ミレさん、安心してください。もう大丈夫です」

僕は安心し、その場にしゃがみこんでしまいそうになるが、なんとか踏ん張った。

「え？　どういうこと？」

「頼りになる人たちが来てくれました」

僕はそう言うと、大きく息を吸い――

「皆さん、こっちです！」

僕は力の限り叫んだ。

ワイバーンの背中に乗る三人の女性――ユーリシアさん、リーゼさん、アクリに向かって。

# 第3話　美しい世界

私、ユーリシアはワイバーンが棲む山へとやってきた。

ワイバーンは劣竜種《れつりゅうしゅ》と呼ばれ、正確には魔物ではなく、そして魔素にも耐性がある。

普段は魔物を襲って主食としているが、時には人間を襲うこともあるという。

区長のダイナーから聞いた話では、この山には昔から暴れワイバーンが一匹で棲んでいるらしい。

一度、討伐隊を編成して倒そうとしたが、空に逃げられて倒せなかったとか。

まぁ、私たちの手にかかれば、姿が見えた瞬間にアクリの転移で逃げる暇も与えずに倒せる相手だから楽なものだ。

果たしてクルトを攫ったワイバーンはすぐに見つかった。

だが肝心のクルトの姿はどこにもない。

なぜかクルトの鍋がそこにあったが。

「――あなた、まさかクルト様を鍋で煮込んで食べたのではありませんよね？」

リーゼが、私によって打ちのめされて虫の息状態のワイバーンに愛用の短剣、胡蝶《こちょう》を突き付けて尋ねる。その瞳は一点の光も帯びていない。

「これは失礼しました。そうですわね、言葉がわからないのですね。確か竜語で――」

リーゼはそう言って、何やらよくわからない言葉を話し始める。

するとワイバーンはこくこくと頷いた。

「リーゼ、お前、竜の言葉がわかるのか？」

「はい、魔竜皇に教えていただきました」

魔竜皇――四大魔王――いや、今は三大魔王か――の一角だな。

どういうわけか週に一度のペースでハスト村に訪れては、家畜の餌を分けてもらって食べている。

子供ドラゴンだった時にもハスト村を訪れていたらしく、思い出の味なんだとか。

まぁ、豚の餌であったとしても、ハスト村で作られたそれは高級レストランの食事をも上回る絶品だろうから無理もない。

魔竜皇が訪れている時、リーゼと何か話していたが、まさか竜の言葉を教わっていたとは。

でも、確か竜語の研究はされているが、竜語は人間には発音できないって聞いた気がする。

いったいどうやって――と思ったが、そのタネはすぐにわかった。

リーゼが持つ魔剣、胡蝶だ。

胡蝶を使えば、好きな幻影《げんえい》を生み出すことも、その幻影に自由に喋《しゃべ》らせることもできる。

本来、人間には発音できない言葉でさえも。

今、リーゼは自分の幻影を自分の上に重ねがけし、竜語を幻影に喋らせているのだ。

「あの村は竜がよく来るそうですから。ワイバーンに通じるかは賭《か》けでしたが問題ないようですね。このワイバーンが言うには、クルト様に足を短剣で刺されて落としてしまったそうです」

リーゼは本当にワイバーンの言葉がわかるらしい。

確かにワイバーンの足には刃物で刺されたらしい新しい傷跡が残っている。

「落ちたって、パパは無事なのっ⁉」

「ええ、昨日、いい匂いがしてこの鍋を拾ったそうです。作っている人間には逃げられたって言っていますね。クルト様は無事ですわ。ただ、一つ懸念《けねん》材料が」

「何かあるのか？」

「なんでも、クルト様は女性と二人で行動しているようです」

……そりゃ心配だ。

クルトが浮気をするとは思えないが、相手がその気になることは十分あり得るからな。

だが、魔素と魔物が溢れるこの世界、クルトが一人でいるよりは安心できる。

「ユーリママ、一度ニーチェさんのところに戻りますか？」

「いいや、クルトを見つけたというところに行こう」

「そうですわね。ワイバーンの背に乗りましょう。ユーリさん、傷薬を」

「大丈夫なのか？」

「ええ、ワイバーンは知能こそ低いですが、上下関係がはっきりすれば従順な魔物だそうです。問題ないでしょう」

いや、私が言ってるのは、一人は子供とはいえ三人も乗せてワイバーンが飛べるのかということだ。

ワイバーンの奴、首を横に振って否定しているが、リーゼに何か言われてしぶしぶ頷いた。

クルトお手製の傷薬を飲ませると、傷も回復する。

「落ちそうになったら転移で逃げますから大丈夫ですよ、ユーリママ」

「そうだな」

アクリに言われる。

そういえば、落ちたクルトはどうやって助かったんだろ？

「ユーリシアさんならどうやって助かりますか？」

「私なら、雪華で威力を殺す……にしても限度があるな。何かを斬りながらだったら減速して着地できそうだが」

「安心してください。ユーリママが落ちたら私が転移で助けます」

「ありがとうな。でも、クルトはどうやって助かったんだ？」

空を飛ぶ薬の飴玉《あめだま》ももう持ってなかったよな。

いや、考えるだけ無駄《むだ》だ。

クルトだから、どうせとんでもない方法を使ったに違いない。

私たちはワイバーンに乗り、クルトを見つけたという場所に到着した。

確かにキャンプをしていた痕跡があるな。

薪が燃え尽きている。

「この無駄のない薪の組み方。クルト様に違いありません」

「だな」

普通なら、薪の組み方くらいでわかるものかって思うが、クルトだからわかるっていうのは私も同意だ。

それと、落ちている食器が二人分。

誰かと一緒にいたのも聞いた通りだな。

さて、ここからクルトたちはどっちに行ったか。遠くに見えるあの居住区跡が怪しいが、居住区に帰る目的なら、空から見えた第五百三十六居住区に向かった可能性もある。

リーゼの感覚強化《ロングセンス》の魔法を使って匂いを追跡するか？

一日前のクルトの匂いを追うことも、リーゼなら容易だろうが。

そう思った時だ。

巨大な光が空へと打ち上がり、世界を覆っていた霧に大きな風穴を開けた。

あの光の柱――間違いない。

「急ぐぞ、リーゼ、アクリ。あれは——」

「言われるまでもありません。クルト様の魔法銃に決まっています」

リーゼがアクリを抱えてワイバーンに飛び乗る。

私もその背中に乗った。

「急ぎなさい！　あの光の方へ！」

「リーゼ、竜語で命令だ！」

「そうでした。××××！」

リーゼの命令に、ワイバーンは嫌そうな顔をする。

ここまで飛んできて疲れたのだろう。

しかし、リーゼが胡蝶を見せるとワイバーンは慌てて翼を広げ、光の柱が上がったほうへと向かった。


光が打ち上がった場所では、ゾンビが溢れていた。

ヴァルハが不死生物の群れに襲われた時のことを思い出す。

そのゾンビの中心に、クルトとニーチェ、そして見たことのない黒髪の女がいた。

かなりのピンチらしい。

「皆さん、こっちです！」

クルトの声が聞こえた。

「アクリ、あの中心に私を転移させてくれ」

「ユーリママ一人で大丈夫？」

「ああ、問題ない」

「じゃあ行くよ」

突如、世界が切り替わる。

目の前には大量のゾンビ。そして背後にはクルト。

「待たせたね！　ワイバーンにお前をみすみす攫われた償《つぐな》い、ここでさせてもらうよ！」

私は雪華を抜く。

シーン山脈の戦いから今日まで、私は遊んでいたわけではない。

ローレッタ姉さんに修行法を教わり、ある技を修得した。

「魔力顕現っ！」

雪華が白い光を放つ。

私はその剣でゾンビの胴を切り裂く。

「ダメ！　ゾンビは頭を潰さない限り――」

後ろにいた女が叫ぶが――

「心配するな。これで十分だ」

私がそう言った直後、切られたゾンビは消え失せた。

これまで、私は敵の放った魔法を吸収してきた。

ただし、その魔法を剣に載せて戦えるのは魔法を吸収した直後だけで、そのあとは魔力が残っても その力を使いこなすことができずにいた。

しかし、ローレッタ姉さんに教わった方法により、吸収した魔法をいつでも剣に宿せるようになっていた。

いま宿しているのは光の浄化魔法だ。

ミミコに頼んで魔力を貰っただけのことはあり、リーゼの光魔法より威力は強い。

「行くぞ！」

私はゾンビの群れへと突撃した。


ゾンビは少し倒しただけで、力の差を悟ったかのように撤退していった。

ここまで引き際を弁《わきま》えているゾンビなんて遭遇したことがない。

強さは普通のゾンビと変わらないが、妙な感じだ。

旧世界のゾンビはこんなものなのだろうか？

「ニーチェ、クルトを守ってくれてありがとうな。クルト、怪我はないか？」

「はい、ありがとうございます。ところで、あのワイバーンは？」

クルトはゾンビがいなくなって空いた場所にゆっくりと降りてくるワイバーンを見て尋ねた。

「倒して手懐けた。リーゼの奴、魔竜皇から竜の言葉を教わってたんだとさ」

「竜の言葉をっ⁉　凄いですね。僕も意味はわかってても喋れないから、いつも身振り手振りで意思《いし》疎通《そつう》してるのに」

身振り手振りで意思疎通できるだけでも凄いと思う。

さて、それより気になるのは——

私はクルトの隣にいる女を見る。

「助かりました。ありがとうございます」

彼女が頭を下げる。

「いや、私はクルトを助けたかっただけだ。それより、こんなところで何をしてたんだ？」

「遺跡の調査です。クルトは採掘が得意で、遺跡の調査の経験もあるというのでハンターの仕事として連れてきました」

「クルトが戦闘を苦手としているのは聞いていないのか？　こんな魔物の多い場所に連れてきて」

「すみません、それは私の落ち度です。普段はこんなに魔物がいないので——」

彼女はそう言って頭を下げる。

「ユーリシアさん、待ってください。ミレさんが悪いんじゃないんです。むしろ、僕がミレさんの足を引っ張って」

クルトがミレと呼ばれた女を庇った。

あぁ、もう。これじゃ私が悪者みたいじゃないか。

「悪い。クルトを守ってくれてありがとうな」

「いいえ。婚約者が危険な目に遭わされたら怒るのは当然のことよ」

なんだ、クルトの奴、私と婚約していること、こいつに話したのか。

「クルト様！　再会できて嬉しいです。クルト様と離れて幾年月《いくねんげつ》、この時が来るのをずっと心待ちにしておりました」

ワイバーンから降りたリーゼがクルトに抱き着く。

幾年月って、離れ離れになって二日だろうが――いや、私もクルトが心配で、この二日を数百日のように感じていたが。

「リーゼさん、心配かけてすみません」

「パパ、無事でよかったです」

「アクリもごめんね」

クルトがリーゼとアクリに謝った。

その後ろで、ミレが困惑している。

「え？　ちょっと待って。そっちが婚約者？　え？　娘？　クルト、こんな大きな娘がいるの？」

「はい。紹介しますね。二人は僕の婚約者のユーリシアさんとリーゼさん。この子は僕たち三人の娘のアクリです」

「…………」

クルトが私たちの紹介をすると、ミレは頭を抱えて考え、そして何かを悟ったように言った。

「うん、わかったわ。それでクルトはこう言うのね。『僕のいた居住区では普通のことです』って」

「そんな普通はありませんよ？」

「そこは違うのっ⁉」

自分で自分を納得させようとしたミレは、クルトに否定されてさらに驚いていた。

なるほど、既にクルトの洗礼済みってわけか。


改めて、ワイバーンに攫われたあとのクルトたちの足取りを聞いた。

ワイバーンに攫われて何とか脱出。落ちながら布を縫い合わせて布を広げて空気抵抗を作って安全に降下か。

クルトにしては常識的な判断だ。

居住区に行って、ハンターギルドの世話になって、この居住区の調査に来て、どこからともなく現れたゾンビに襲われたと。

「クルトに婚約者が二人。それにこんな大きな子供まで……えっと、アクリちゃんよね？　何歳？三歳くらいかな？」

「ええと……」

アクリは恥ずかしそうに指で五の数字を作る。

「そう、五歳なの」

しかしすぐに真顔に戻ると、淡々と言葉を続けた。

「いいえ、五千歳過ぎたところから数えるのが嫌になりました」

「え？」

ミレがますます混乱している。

「いいのか、アクリ」

「うん。ニーチェさんも見られちゃったし、この際全てお話しした方がいいと思うよ、ユーリママ。どの道、ゾンビがいつ戻ってくるかもわからないから、今日は工房に帰って休んだ方がいいだろうし」

「そうですね。しばらく工房の掃除してないから埃《ほこり》がたまってないか心配ですし、洗濯もたまってるかもしれません。それにカンスさんたち、ちゃんとご飯食べてるでしょうか？」

クルトがほわほわした顔で言う。

私たちが来て安心したんだろうけれど、言っていることが本当にお母さんだよな。

「待って？　えっと帰るってどこに？　居住区に戻るにしてももう夜も遅いし、居住区以外の場所で野宿するなら——」

「野宿はしないよ。ニーチェ、転移は可能か？」

「地脈は昨日の時点で繋がっています。いつでも転移可能です」

「コレはどうします？」

リーゼがワイバーンを見て尋ねた。

さすがにこんなの連れては行けないから、解放してやれと私が言うと、リーゼが通訳《つうやく》し、ワイバーンはいそいそと飛び去っていった。

そして、私たちは――

◇◆◇◆◇

私、ミレの人生は十五年前――三歳の時に始まった。

私を見つけたギルドマスターのハーレルさんに、自分の名前をミレだと伝えたそうだが、それも覚えていない。

私が何者なのか、いったいどうして自分だけが助かったのか。

全てがわからないところから私の人生は始まり、だから、私はこの世界を呪った。

世界が邪気に溢れたこんな世界じゃなければ、突然怪物が現れるような世界じゃなければ、私は記憶も家族も全てを失わないで済んだのに。

この薄暗い霧に覆われた見通しの悪い世界を——霧そのものすらも恨《うら》んだ。

そうしてクルトと出会い、ゾンビに囲まれ、ここで命を落とすのかと諦めかけ……

そんな時、クルトが空に何か光のようなものを放った。

すると、世界を覆っていた霧に一つの大きな穴を開けて、その向こうに広がっている本当の空を私は見た。

とても危険な状況だというのに、私はその空に見とれていた。

そうこうしているうちにクルトの仲間だという人たちが現れ、ゾンビを倒し、彼女たちの話をわけがわからないまま聞いて、混乱しているうちに——


「え？」

突然、世界は明かりに溢れた。

空を覆っていた霧がなくなり、真っ青な空が私の目に飛び込んできたのだ。

とても美しい空。

そして、右手の空には眩い光を放つ何かが浮かんでいる。

「ここはどこ？」

「ここは塔の上。数千年前に人類が移り住んだ、ミレさんのいたところとは別の世界です」

アクリちゃんが私にそう説明をした。

そして、彼女は語る。

遥か昔にあった出来事を。

彼女は語ったことは、ほとんど私が知っている内容と同じだった。

邪素に溢れ、人間が住めなくなった世界を棄て、新しい世界に旅立った世界の話。

唯一違うのは、世界に残ったのは希望した人間ではなく、重犯罪により服役していた囚人たちだったということ。むしろ、犯罪者の方が多かったということ。

なんでアクリちゃんがそんなことを知っているのかというと、このアクリちゃんこそが賢者の塔を管理し、新しい世界に人々を導いた張本人だったからだ。

聞いただけだと絶対に信じられない話だけど、私がここにこうしている事実がある。それになにより、納得した。

「そっか、そういうことなんだ。クルトがものすごい力を持っているのも、私たちの世界と違う人間だったからなんだ」

クルトが『僕の居住区では普通のこと』って言うのも、この世界では普通のことって意味だったんだと。

「「「それは違う！」」」

「そうですよ。僕なんてどこにでもいる普通の人ですよ」

アクリちゃんを含む女性三人が否定して、クルトは笑って自分のことを普通だという。

え？　どういうこと？

そう混乱していると、突然、私たちの周囲に仮面を被った謎の人物たちが四人ほど現れた。

――わかる。

この四人、かなり強い。

私はクロスボウを取り出し、いつでも引き金を引ける準備をするが――

「あぁ、大丈夫だ、ミレ。こいつらは敵じゃない」

ユーリシアさんが困ったようにリーゼさんを見る。

「どうやらミミコもここにいるようだな」

「ええ、みんなに黙って来ましたから心配をかけたでしょう」

「え？　僕はちゃんと手紙書いていきましたよ。『四人で旧世界にゴルノヴァさんたちを捜しに行きます』って。『しばらくしたら帰ってくる』とも書いておきました」

「それ、余計に心配させるな」

心配ってどういうこと？

ていうか、この人たち誰なの？

全然話についていけない私だったが、一人の女性が現れる。

私やクルトより幼い、紫色の髪の女の子。

「リーゼ様、ユーリシアちゃん、クルトちゃん、アクリちゃん。おかえりなさい。話はゆぅぅぅぅぅぅっくり聞かせてもらえるわよね？」

ものすごい凄《すご》みを見せる少女に、私も思わず怯んでしまいそうになる。

そんな彼女は私を見て言う。

「まぁ、成果はあったみたいね。彼女のことも詳しく聞かせてもらうわ」

◇◆◇◆◇

ミミコさんがミレさんとユーリシアさんたちに話を聞いている間、僕――クルトは工房の掃除を済ませて食事を作っていた。

また旧世界に行ったらしばらく帰ってこられないかもしれないから、日保《ひも》ちする料理を作り置きしておかないと。

もうすぐ夕方だし、洗濯は明日の朝にして、取り込むのだけ誰かに頼もうかな？

考えながら、今日食べる分の夕食を盛りつけていると、工房所属の冒険者のシーナさんがやってきた。

「クルト！」

「シーナさん、ただいま」

「ただいまじゃないわよ！　なんで勝手に旧世界になんて行ってたのよ。一応、ニーチェさんから全部事情は聞いてたけど、それでも心配したわよ。特にクルトがワイバーンに誘拐されたって聞いた時は心臓が止まるかと思ったわ」

あぁ、ニーチェさんは分木が植えられている場所にいつでも出てくることができるから、当然、僕たちのことも筒抜《つつぬ》けだったのか。

僕たちが戻った時、すぐにファントムのみんなやミミコさんが駆け付けてきたのも、ニーチェさんからそろそろ戻ってくるって聞いていたからだろう。

「おぉ、クルト、帰ってたのか」

「無事でなによりでござる」

シーナさんの兄のカンスさんと、その二人をパーティリーダーとして纏めるダンゾウさんもやってきた。

ただ、カンスさんの視線は僕より料理の方に向いている。

「あ、もうできますから食堂に運びますね」

「助かる！　クルトがいなくなってからまともな食事が食べられなかったんだ」

「兄さん、それって、私が作った料理のこと？」

「ち、違うぞ。シーナの料理だけじゃなく、店の料理も――あうっ」

カンスさんは腕を本来であれば曲がらない方向に引っ張られ、痛そうな声を上げて連れていかれた。

脱臼《だっきゅう》はしていなそうだし、カンスさんは頑丈《がんじょう》だから平気だよね。

ダンゾウさんも二人のことを特に気にする様子はなく、僕に尋ねた。

「ところで、旧世界とやらはどのような場所だったでござるか？　あ、料理を運ぶのを手伝うでござる」

「ありがとうございます。そうですね、植物はあまり生えていませんでしたね。居住区って呼ばれるこのヴァルハより一回り大きい町が点在していて、そこに数百人の人が住んでいるんです。あ、その世界では紙のお金が流通しているんですよ」

僕はダンゾウさんと料理を運びながら、向こうの世界で見たことを話した。

いろんな人のことや、ワイバーンのことも一緒に。

わかりやすく説明するために、地図を渡した。

「これが旧世界の地図でござるか……わかっていたでござるが、拙者《せっしゃ》たちのいる世界とは別ものでござるな……ふむ」

「はい。でも、住んでいる人たちは僕たちとほとんど一緒でしたよ？　文字は違いますが、言葉は通じるんです」

「ん？　同じ人間なのだから、言葉が通じるのは普通のことではござらんか？」

「そうなんですけど。でも、ダンゾウさんって僕たちと微妙に言葉が違うじゃないですか。方言っていうんですか？　バンダナさんも演技だったとはいえ、普段は訛《なま》りのある言葉を使っていますし。

数千年も経てば、言葉が独自の変化をして、全く別の言語に変わっていてもおかしくないんです。実際、文字は大きく変わってしまっていますし。寿命の長いワイバーンに竜語が通じたのは理解できたのですが、人間との間に言葉が通じていたのは意外に思いました」

「ふむ、なるほど……クルト殿はよく考えているのでござるな。その言葉についても、何か理由があるのでござろう」

「そうですよね？　いったいなんでなんだろう？」

料理をテーブルの上に並べながら理由を考えていると、ミレさんが僕を見つけて手を上げた。

「クルト、見つけた」

「ミレさん！　ミミコさんとの話は終わったんですか？」

「うん。それ、食事？」

「はい。皆さんの分できていますので食べましょう」

そこでダンゾウさんがミレさんをじっと見ているのに気付いた。

そういえば紹介しないと。

「この人はこの工房で働いている冒険者――ミレさんの世界でいうところのハンターのダンゾウさん。この人はミレさん。旧世界から来てもらった僕の命の恩人です」

「はじめまして、ミレよ」

「ダンゾウでござる。ところで――」

ダンゾウさんが何かを言いかけた時――

「クルト、待たせたな。ミミコがなかなか解放してくれなくて」

「ユーリシアちゃん、事情聴取は終わったけれどお説教はまだだからね」

「パパ、ご飯にしましょう」

「クルト様、配膳のお手伝いをさせていただきます！」

ユーリシアさんたちが戻ってきた。

それに、カンスさんやシーナさんも食堂に集まってきた。

「すみません。えっと、ダンゾウ……さん？　なんでしょうか？」

ミレさんが尋ねると、ダンゾウさんは首を横に振る。

「いや、なんでもござらん。食事にするでござる。クルト殿の食事は絶品でござるからな」

料理に自信はあるけれど、そこまで褒《ほ》められると嬉しいな。


食事を終えたあと、ミレさんは僕を散歩に誘ってくれた。

ファントムの何人かがミレさんの護衛と監視についているけれど、自由に街の中を動いていいということになったらしい。

ということで、僕はミレさんを案内することにした。

僕が旧世界の居住区を見ていろいろと感じたのと同様、ミレさんもこの世界の町に少し思うところがあったようだ。

「こんなに建物があって、畑とかは居住区の中にはないの？」

「小さな畑はありますが、大きな畑は壁の向こうにあるんです」

「壁の外？　あ、そっか。栄養を奪われる心配がないし、邪素もないから畑は外にも作れるのね」

ミレさんは感心するように言う。

畑を見てみたいというので、僕は警備をしている衛兵さんに事情を話して、城壁の上に登らせてもらった。

工房の東側には緑色の小麦畑が広がっている。

太陽が大きく傾いてできた城壁の影が、その小麦畑を薄く覆っていた。

「凄い——こんな大きな畑見たことがない」

「このヴァルハは元々戦うための要塞《ようさい》だったので、人口も少ないし、これでも畑は小さい方なんですよ」

「え⁉　これで小さいのっ⁉　これより大きな畑なんて想像できない」

ミレさんはそう言って、笑みを浮かべてその景色に見とれていた。

そんなミレさんを見て、僕は不思議に思った。

「ミレさん、怒らないんですか？」

「怒るって、何を？」

「僕たちのこの世界は、旧世界――ミレさんのいる世界の大地から栄養を奪って成り立っています。だから、僕はミレさんに恨まれて当然だと思っています」

「別にクルトが悪いわけじゃないでしょ」

ミレさんはそう言うと、くるっと回り、街の方を見た。

小さな子供がお母さんに迎えられて家に帰っていくところが見えた。

「私はずっと世界を恨んでいたわ。もっとマシな世界だったら、私の両親は死ななかったんじゃないか？　私は記憶喪失にならなかったんじゃないか？　私は平和に暮らしていられたんじゃないかって。だから、私たちの世界も恨んでいたし、こっちの世界のことも恨んでいた」

ミレさんの視線の先にいた母子《おやこ》は建物の中に続く扉を開けた。

その時、子供が僕たちの姿に気付いて手を振った。

衛兵だと思ったのだろうか？　ミレさんも手を振って返した。

「でも、こんな綺麗な景色を見せられたら、恨む気も失せたわよ。世界ってこんなに美しいのね」

ミレさんはその場に倒れ、空を見上げて言う。

「私たちの世界でも夕方になると霧が橙《だいだい》色に染まるんだけど、こっちの世界の夕方はこんな風になるのね。とても綺麗。ねぇ、クルト。あれは何？」

ミレさんが空を指差して尋ねたので、僕は「一番星です」と答える。

「いちばんぼし？」

「はい。夜空には星というものが輝いて、一番最初に輝く星を一番星って呼ぶんです。空は星って呼ばれる光の粒《つぶ》で埋め尽くされるんです。正確には遥か遠くにある太陽のようなものだって、おじさんに教えてもらいました」

「光の粒で埋め尽くされるの。へぇ、見てみたい」

「じゃあ、もう少しここにいましょうか。ミレさん、温かい飲み物を用意しますけど、お酒は得意ですか？　ホットワインでも作りますけど」

「あまり得意じゃないけど、ホットワインは飲んでみたいわね」

「じゃあ作りますね」

僕は鞄の中から葡萄《ぶどう》を取り出す。

「え？　作るって葡萄から⁉」

ミレさんはそう言って目を見開くけど、頭を横に振る。

「(驚いたらダメなのよね。ミミコさんから何度も注意されたもの。考えたら負けだって)……ええ、よろしくお願い」

「はい！」

前半はよく聞こえなかったけど、お願いしてもらえたので張り切って作り始める。

小樽《こだる》の中に入れた葡萄を潰して発酵《はっこう》させ、超音波の魔道具を使って高速熟成をさせる。

それを温めて、最後に蜂蜜《はちみつ》を少し入れて完成。

「はい、できました……ミレさん？」

「綺麗……一個くらい落ちてきてくれないかな」

僕の声に気付いていないのか、ミレさんは空を見上げ、手を伸ばしていた。

僕がホットワインを作っている間に、太陽は沈み、空には星空が広がっていた。

今日はまだ月が出ていないから、星がとても綺麗に見える。

「どうぞ。まだ夜は冷えますからこれを飲んで温めてください」

「ありがとう……本当にワインになってる。しかも美味しい」

「ワインって、ミレさんの世界にもあるんですか？　葡萄畑はなかったみたいですけど」

「うん。輸送隊《キャラバン》の人が売りに来てくれるの。とても高いから特別な日しか飲めないけど。あ、でもこっちの方が何百倍も美味しい」

そう言って、ミレさんは手を温めるように両手で木のジョッキを持ちながらもう一口飲む。

「言いすぎですよ。本当はもう少し熟成させたかったです。まぁ、さすがに千二百年熟成させたのはやりすぎだったみたいですけどね」

「……（考えたら負け、考えたら負け、考えたら負け）」

「どうしました？」

「ううん、なんでもない」

ミレさんは首を横に振った。

そこで僕は、用意していたものを出す。

「クッキーも持ってきたんです。ミレさんの希望通り、ちょっと硬めにしました」

「覚えてたの？　ありがとう……ってこれ、凄く美味しい。こんなの食べたことないわ」

「あっちの世界だと砂糖は貴重ですからね」

「たぶん、そういう問題じゃないと思う」

ミレさんはさらにクッキーをもう一つ摘まんで食べて、もう一度空を見上げて言った。

「ねぇ、クルト。あの光の一つ一つが、昼間見えた太陽と同じものなの？」

「はい、そうです。そして、その星の周りには僕たちの世界のような星が……小さくて目には見えないけど、星があるってウラノおじさんが言っていました」

「そうなんだ。じゃあ、あの星の近くのどこかに、私たちの世界があるのね」

「え？」

「だって、私たちの世界って、この世界とはまた違う世界にあるんでしょ？　だったら、あのどこかに私たちの世界があるってことじゃない？」

ミレさんは言った。

別次元と別の星とは意味が違うんだけど。

でも、僕は次元の違いを正しく説明できない。

一応、この世界は旧世界の上に作られてる訳だけど、次元の断絶があるので、物理的な位置関係はないようなものなのかもしれない。

「クルトのマホウジュウってのが空を貫いた時、霧の隙間から青空が見えたでしょ？　もしかしたら、霧の向こうにも星空があるのかしら？」

「どうなんでしょうか」

賢者の塔の上層部から見た空は、禁忌の怪物の魔素に満ち溢れ、闇に覆われていた。

でも、空が闇に覆われているはずの世界なのに、地上から見上げた空が青く見えた理由は、その闇の向こうに太陽があり、魔素を通り抜けた光が大気中の微粒子によって散乱し、青く見えたのかもしれない。

だとすると、禁忌の怪物がいなくなったら、空の闇が打ち払われ、太陽や星空が見える世界になるのだろうか。

でも、そうなったら、旧世界の人間は魔物を食べることができなくなり、多くの人が飢《う》えて亡くなってしまう。

「うぅ……」

「どうしたの？」

「板挟み状態で……」

そもそも、禁忌の怪物を倒す方法がわからないから、考えても仕方のないことかもしれないんだけど。

「ほら、クルトも一緒に見ましょ」

「うわっ」

ミレさんに引っ張られ、僕は彼女の隣で仰向《あおむ》けになって空を見上げた。

久しぶりにじっくり見る星空は、いつもより輝いて見えた。

「あ、今星が落ちてきた！」

「あれは流れ星って言って、空に浮かんでいる星とはまた別のものですね。空にただよっている小さなゴミみたいなものが落ちて、燃え尽きてしまう時に見える現象です」

「そうなんだ。落ちてきたら一つお土産《みやげ》に持って帰ろうかなって思ったのに」

ミレさんは星の大きさをわかっていないらしく、残念そうに言った。

流れ星や星そのものを持って帰るのは無理だろうけれど、隕石《いんせき》だったらなんとかなるだろうか？

でも、実際に隕石を見ても、星みたいに輝いているわけじゃないからガッカリするだろうな。

横にいるミレさんを見る。

子供のようにただ星を見詰める彼女の顔を見ていると、やっぱりどうにかして旧世界の人々にもこの星空を見せてあげたいと思うようになった。

って、あんまり顔をジロジロ見ていたら失礼だと、僕は体勢を変えて反対方向を見ると――

「わっ⁉」

リーゼさんが僕の横で寝ていた。

驚いて思わず声を上げて起き上がってしまう。

ミレさんも上半身を起こして驚いている様子だった。

「どうかしました、クルト様？」

「ごめんなさい、リーゼさんが来たことに全然気付かずびっくりしてしまって」

「いいえ、お気になさらないでください。胡蝶で姿を消していたので見つからなくて当然です。ちなみに、ユーリさんもあちらにいますよ」

リーゼさんがそう言うと、何もない場所からユーリシアさんが気まずそうな顔で現れた。

「いや、違うんだ、クルト。決してお前とミレのことを疑ってたとかじゃなくてだな。まぁ、夜も遅いし少し心配になって……」

「正直に、クルト様に変な虫が近寄らないか心配だったと言いましょう、ユーリさん」

「お前と一緒にするな！　私はクルトを信じている」

「信じているのは私もですわ！　ですがクルト様の意思が確かでも、寄ってくる人間はいるのです。皆がヒルデガルドさんみたいに引き際を弁えているわけではないのですよ」

二人が口論を始めた。

えっと、浮気ってミレさんに失礼な気がするんだけど。

ミレさん、怒っていないかな？

そう思って振り返ると――

「ぷっ。クルトって、本当に愛されているのね。安心して、クルトを取るつもりはないわ。私、強い人の方が好みなの」

あはは、確かにそれは僕じゃ絶対に無理だ。

自分でも、その条件には当てはまらないことはわかった。


翌朝、旧世界に戻ることとなった。

ミレさんはそろそろ帰らないとハンターギルドに怒られてしまうらしい。

馬車の準備が終わったところで、一つトラブルがあった。

リーゼさんが旧世界に行くのを、ミミコさんが止めたのだ。

「なぜダメなのですか！　私はもう王族ではないのですよ！」

「ダメです。リーゼ様にもしものことがあったら、フランソワーズ様に顔向けができません」

リーゼさんが実はリーゼロッテ第三王女だと知ってから教えてもらったんだけど、ミミコさんはその昔、リーゼさんのお母さんのフランソワーズ王妃にものすごく恩があり、そのためリーゼさんのことを守っていたらしい。

工房によく顔を出すのも、リクト様の推薦人としてだけじゃなく、リーゼさんの様子を見るためだったそうだ。

当然、リーゼさんのことを心配しているのなら、何があるかわからない旧世界での行動は認められないよね。

「アクリとクルト様とユーリさんの三人が行くのに私だけ行けないなんて、そんなのないです！」

「アクリがいないと転移魔法が使えないし、ニーチェの枝とか肥料の管理をしているのはクルトだ。当然、二人の護衛をする私は必要だから仕方がないが、でも、リーゼが来る必要は本当にないんじゃないか？」

「ユーリさん、あなたまで敵に回るのですか！　そんなことありません！　今回だって私の竜語が役に立ったじゃありませんか！」

「それはたまたまだ」

ユーリシアさんが言い切る。

竜語が必要になる場面がそう何度も訪れるとは思えない。

「ユーリさんだって重要人物なのは代わりないではありませんか。護衛なら他の人だってできます！」

「私を巻き込むなよ。他の奴にクルトとアクリの護衛なんて任せられるか」

「リーゼ様。そういうことです。いざとなったら力ずくでも止めますよ」

ミミコさんが本気の目で言う。

「くっ、仕方ありません。ユーリさん、クルト様とアクリの護衛をしっかり頼みます。命に代えても守ってください」

「ああ、みすみすワイバーンに攫われるようなミスはもうしないよ」

「では、アクリ。私の気が変わらないうちに行ってください。クルト様、どうかお気をつけて」

「はい、行ってきます！」

僕は多くの荷物が載せられた荷台に、邪素吸着マスクで口と鼻を覆ったミレさんと一緒に乗った。

御者席にはユーリシアさんとアクリが乗る。

「じゃあ行きますね！」


次の瞬間、僕たちはデクが引く馬車に乗って、昨日いた居住区にいた。

ゾンビたちの姿はない。

少し安心――

――ドンッ！

突然の物音にビクッとなった。

「え？」

物音は僕の前に置かれた木箱の中から聞こえてきた。

恐る恐る木箱をノックすると、中からノックが返ってきた。

「クルト、開けてやれ。さすがにそろそろ苦しいだろ」

「え？」

僕はわからないままユーリシアさんに言われた通りに開けると、中からリーゼさんが出てきた。

「え⁉　リーゼさん、さっきまで外にいましたよね？」

「はい、僕にもそう見えました。僕たちを見送ってくれてたじゃないですか」

アクリの力で箱の中に転移する時間もなかった。

そもそも、アクリは連続して転移することができない。

「わからないのか、クルト。リーゼがあんな簡単に引き下がるはずないだろ？　あれはリーゼが作った幻《まぼろし》だ。ミミコに止められるのがわかっていて、最初から木箱の中に入ってたんだ」

「はい、感覚強化《ロングセンス》の魔法で聴力《ちょうりょく》を上げて、しっかり会話に参加できるようにいたしました」

リーゼさんが自慢げに言う。

「ユーリシアさん、最初から知ってたんですか？」

確かにユーリシアさんが、やけにリーゼさんを置いていこうとするところに違和感を覚えていた。

今にして思えば、あのタイミングでユーリシアさんがミミコさんの味方をすることで、すんなりリーゼさんが引き下がっても不自然ではない状況を生み出していたように感じる。

あそこでリーゼさんがごねる状況を作れば、ミミコさんが力ずくで止めようとし、そうすればあそこにいたリーゼさんが幻だってバレてしまう。

「昨日の夜のうちに打ち合わせは終わってる……あぁ、バレたらまたミミコにどやされる」

ユーリシアさんはそう言って頭を抱えた。

それがわかっていてもリーゼさんの味方をするって、やっぱり二人とも仲がいいんだね。

「クルト様、こちらをどうぞ」

「ニーチェさん、それは？」

ニーチェさんが持っていたのは布切れやナイフ、錆《さ》びた宝飾品などだった。

「昨日のゾンビが落としていったものを集めておきました。ハンターギルドに報告するのにあった方がいいかと思いまして」

「ありがとうございます」

確かにこれらがあったら、ゾンビが現れたって信憑性《しんぴょうせい》が増すもんね。

「ねぇ、リーゼさんってそんなに偉い人なの？　オーゾクってのはよくわからないけど、もしかしてヴァルハの区長の娘さんとか？」

国という概念《がいねん》を持たないミレさんが、今更の質問をした。

ハンターギルドに戻る間、王族について説明をする。

「えぇぇぇっ!?　リーゼさんってそんなに偉い人だったの!?」

百を超える居住区を纏めるリーダーの娘であるという説明でようやく理解してもらえた。

「リーゼ様って呼んだ方がいい？」

「いいえ、さっきも言いましたが、私はもう王族を辞めてクルト様の妻――」

「婚約者な」

「――になりました。そういうわけですので、今まで通りリーゼさんでも、呼び捨てでリーゼでも構いませんわ」

ユーリシアさんの突っ込みにもめげずにリーゼさんがそう言った。

「う、うん、まぁ私もそっちの方が助かる」

ミレさんは受け入れたけど、どこかぎこちない。

でも、その気持ち、僕もわかるな。

きっと、何事にも自信の持てない昔の僕だったら、リーゼさんが王族だとわかった時点で委縮して、まともに接することができなかったと思う。

今の僕がこうしてリーゼさんと普通に接することができるのも、リクト様が僕に工房主代理《アトリエマイスター》という責任ある役職を与えてくれたことで、自信を持てるようになったお陰だな。

「そうだ、居住区に戻るまで時間ありますよね？　魚が腐ってしまわないように防腐処理させてもらいますね。といっても、防腐剤《ぼうふざい》を塗《ぬ》るだけですけど」

「うっ、クルト様のお手伝いをしたいのはやまやまですが、私は遠慮させていただいてもよろしいですか？」

「じゃあ私が手伝うよ。リーゼママ、交代するね」

次の瞬間、アクリとリーゼの位置が交代する。

そして、子供の姿のままだと作業しにくいと、大人の姿に変わった。

「わ、大きくなった……あぁ、そうか。アクリちゃん――さんは精霊だから大きくもなれるんだ」

「精霊といっても普通は簡単に体を大きくしたり小さくしたりはできないですけど。私は時間と空間を操る精霊ですから」

アクリが少し恥ずかしそうに言う。

ニーチェさんも小さくなったり大きくなったりしてるけど、あれは木の成長に合わせているだけだからノーカウントだね。


馬のデクが頑張ってくれたお陰で、昼過ぎには居住区に戻ってくることができた。

いつもと同じ衛兵さんが迎えてくれる。

「ミレ！　無事だったのか！　……その馬車は？」

「クルトの仲間だよ。合流できたんだ。旅人で行商もやってるんだってさ。無事って、予定通りの時間だと思うけど？」

「そうなんだが、お前が行った方角に謎の光の柱が上がったんだ。何かあったんじゃないかって騒ぎになってたんだよ」

僕が撃った魔法銃だ。

この世界には魔法という概念が存在しないから珍しかったのだろう。

「光の柱？　気付かなかったわ。こっちは大量のゾンビに命を狙われて、ここにいるユーリシアさんがいなかったら命が危なかったんだから」

「大量のゾンビ？　そんなの、このあたりに出る魔物じゃないだろ？」

「本当だって。クルト、あれを出してよ」

ミレさんに言われて、僕はゾンビが落としていった布の切れはしを取り出す。

これらはゾンビが落としていったものだと説明すると、衛兵さんは深く考え込む。

「光の柱と何か関係があるのかもしれんな。それで、ユーリシアさんだったか？　ミレを助けてくれたこと感謝する。行商人といったが、この居住区でも商売をしてくれるのか？」

「ああ、そのつもりだ。酒や魚、小麦、果物の砂糖漬《さとうづ》け、布に薬なんかもある」

用意していたものに加え、ミレさんに輸送隊《キャラバン》が持ってくる商品の中で特に人気のあるものも一緒に持ってきた。

特に果物の砂糖漬けとお酒は人気の商品らしい。

「おぉ、それは居住区のみんなも喜ぶ……あぁ、果物の砂糖漬けっていくらだ？　できることなら一個買っておきたいんだ。真っ先に売り切れそうだからな。明日、息子の誕生日なんだ」

「そういうことなら誕生祝いだ。一つ持っていけ」

「おぉ、本当か？　ありがとう、感謝するよ。あんたたちの滞在期間は最大の一カ月確保しておくからな。その間好きなだけこの居住区にいてくれ」

衛兵さんは嬉しそうに、シロップがたっぷり入ったパパモモが入っている瓶を受け取り、鼻歌混じりにそう言った。もちろん、居住区に入る前に《鑑定》で賞罰の確認は忘れずに行われる。

そして、居住区の中に通された僕たちは、広場で商品の販売をすることになった。

値付けなどは昨日のうちに、ミレさんの意見を参考に終わっている。

ユーリシアさんたちに品出しの準備をしてもらっている間、僕とミレさんはハンターギルドに、見つけたものを持って報告に行くことにした。

すると、途中の裏路地に見知った顔がいたことに気付く。

「あそこにいるの、ハーレルさんじゃないですか？」

ギルドマスターのハーレルさんが裏路地で、ローブを被っている男の人と何か話している。

「あいつ……確か輸送隊《キャラバン》と一緒にいた男ね」

「輸送隊《キャラバン》の方なんですか？」

「いいえ、三週間前に輸送隊《キャラバン》と一緒に来て、しばらくハンターギルドに泊まっている男よ。名前はオクタールだったかな？　見た目はゴブリンと人間を足して割ったような男ね。飄々《ひょうひょう》としていて人の輪に入っていくのはうまいけど、私はあんまり好きになれないタイプだったわ」

「二人で何をしてるんでしょう？　滞在期間の引き延ばし交渉でしょうか？」

「あんな路地裏で？　まあ別にいいわ。行きましょ」

「あれ、広場で商売をする許可を貰わなくていいんですか？」

「許可を貰うだけなら受付でいいわよ。大切な話をしているかもしれないし、ギルマスの手を煩《わずら》わせることはないわ」

ミレさんはそう言ってハンターギルドの方に足を向ける。

中は前より人が少なかった。

「ミレさん、お帰りなさい。調査はどうでした？」

「一応成功かな？　ほら、区長の屋敷跡に金属製の金庫。中には大量のポート札があったわ。数えてみたけど、七千万ポートはあるんじゃないかしら？」

ミレさんが鍵の開いている金庫を開けると、中から雪崩《なだれ》のように札束が落ちてきた。

馬車に揺られたことで綺麗に積まれていた札束が崩れたようだ。

それを見て、残っていたハンターたちからどよめきが起こる。

受付のお姉さんは目を丸くして叫んだ。

「凄いですね！　一千万ポートを超えているので、一千万ポートまでの分として百万ポート、それを超えた分については二割がギルドに納める税金になります」

「じゃあ、税金を納めたあと、四割は私、四割はクルト、残り二割はみんなの飲み代にして」

大金が手に入った時、何割かを振る舞うのは通例らしい。

「「「おぉっ！　ミレに乾杯っ！　クルトに乾杯っ！」」」

残っていたハンターがジョッキを上げて喜びの声を上げた。

僕たちは遺跡で見たことを伝える。

「結界を維持する装置の発見、そして大量のゾンビですか。ゾンビは先日現れた怪物の仕業でしょうか？」

受付嬢さんが首を傾《かし》げるけど、禁忌の怪物が魔物を生み出した瞬間を見ていた時、そこにゾンビはいなかった。

それは違うと思う。

ただ、今はそれを言っても仕方ないので黙っておく。

「あぁ、それでその遺跡調査中にクルトの仲間と合流できてね。その中の剣士に助けてもらったんだ。彼女がいなかったら本当に危なかったよ」

「そうだったんですかっ！　よかったですね、クルトさん」

「はい、ありがとうございます」

僕はお礼を言う。

「それで、僕の仲間が広場で商品を売りたいって言ってるんですけど、販売していいでしょうか？」

「売るものは食品などの消耗品《しょうもうひん》もありますか？」

「はい。食品は魚の干物と果物の砂糖漬けとお酒。あと薬品もあります」

僕がそう言うと、ハンターたちが喜ぶ。

「酒だ！」

「干物は酒の肴《さかな》にいいよな！」

「果物の砂糖漬け……ありだな」

こういう閉鎖《へいさ》した環境だと、食べるものがどうしても偏《かたよ》ってしまうから、珍しい食べ物やお酒は最高の娯楽《ごらく》らしい。

「薬品はいつも不足しているからありがたいですね。一度ハンターギルドとして品質の調査をさせていただきます。えっと、今空いている職員は――」

「僕が見てこよう」

ハーレルさんの息子のハイルさんが挙手して言った。

「ハイルさん！　お願いしてもいいですか？」

「ああ、問題ない。この過酷《かこく》な世界を旅する猛者《もさ》だ。是非話を聞いてみたい」

ハイルさんは笑みを浮かべると、必要な書類を持って出ていった。

それに続くようにハンターたちも出ていく。

許可が下りたその場で買い物をしたいのだろう。

「トンカさん！　私の分の果物の砂糖漬け買っておいてください！　はい、三個でお願いします。あ、待ってください、四つお願いします」

受付嬢さんはさすがに仕事を放棄できないので、ハンターさんに頼み込んでいる。

「とにかく、どちらもギルドマスターに報告して判断を仰ぎます。発見した遺物も調査した上で報酬が別途支払われますが、そちらの支払いには一カ月少々お時間がかかりますので――」

と受付嬢さんは僕の方を見た。

一カ月後、僕はこの居住区にはいない。

「それなら僕の分は――」

「クルトの分はギルドで預かってもらったらいいわ」

「いえ、戻ってくるかどうかもわからないのに」

「安心していいわよ。二年以内にクルトが戻ってこなかったらパーティメンバーである私のものになるから」

そう言ってミレさんがウィンクをした。

それならばと僕は彼女の提案を受け入れた。

とそこに、ハーレルさんが戻ってきた。

「ギルドマスター、ちょうどいいところに」

「どうした？」

「実はミレさんが遺跡で――」

◇　◆　◇　◆　◇

「《鑑定》――食品、酒、どれも一級品ですね。問題ありません」

広場で品出しの準備をしている私——ユーリシアのところにやってきた、ギルドマスターの秘書兼ギルド職員を名乗るハイルという男は、食品や酒、薬、植物の種などを《鑑定》で調べて品質チェックする。

スキルってやっぱり便利だよな。

スキルの適性にもよるが、毒物なども検知できるそうだ。

「ところで、ユーリシアさん。なんでもうちに所属しているハンターの命を助けていただいたそうで。ハンターギルドを代表してお礼を言わせてください。ありがとうございます」

「気にすることないよ。うちのクルトを助けるついでだ。こちらこそ、ずいぶんとクルトが世話になったようで。ありがとう。感謝する」

表情を変えることなく、ハイルが頭を下げる。

真面目《まじめ》そうな奴だが、何を考えているかわからないのが厄介《やっかい》だ。

味方か敵か判断しにくい。

「それで、私に何の用だ？」

「今済みましたが、商品の品質調査ですね。薬も一級品ですね。ただ、私の《鑑定》では無毒であることは理解できても効能まではわからないので説明していただく必要があります」

「なるほどな。ほら、薬の効能一覧だ。ミレに言われた通り、副作用の一切ない薬だけを厳選してよかったよ。品出しが楽になる」

本当はクルトの薬に副作用のあるものなんてないんだけどな。

しかし、この男、さっきから私のことを値踏みしている。

女だてらに冒険者なんてものをやってると、昔からそういう視線には敏感《びんかん》になる。

こいつが今見ているのは、私が本当にミレの言ったような実力があるのかってところだろうな。

淡々と書類に書き込んでいくハイルを見て、私はそう思った。

「できることなら、あなたたちが使っている邪素吸着マスクに代わる品も売っていただきたいのですが」

「悪いがこれらは非売品だ。予備もないもんでね」

私はデクの首につけている玉を撫でて言う。

クルトの品を世に出すのは危険が伴うからな。

商品として並べたものも、薬だけはクルトのもの（を何百倍にも薄めたもの）だが、食品は普通にヴァルハで買ってきたものだ。

「それは残念です」

だから全然残念そうに見えないんだって。

最初から無理だとわかっていたから、本当に残念と思っていないのかもしれないが。

「――――はい。全て問題ありません。販売の許可をします。こちらの許可証を貸し出しますのでご利用ください。今回検査に出さなかった商品を売る場合は、ハンターギルドまでご一報ください。販売ではなく無償供与する場合の規制はありませんが、食品などの場合はやはり検査はしていただきたいですね。無償でいたしますので」

これ、暗に私が衛兵に渡した果物の砂糖漬けのことを言ってるんじゃないだろうか？

怒っているのかと気になるが、表情からは相変わらず何も読み取れない。

「わかった。私もハンターギルドと揉《も》めるつもりはないからな。可能な限り協力させてもらうよ」

「ありがとうございます……それと、個人的にユーリシアさんに依頼があるのですが、少し離れた場所で話を聞いていただけるでしょうか？」

ようやく本題か。

まぁ、魔物退治か何かだろう。

さっき言った通り、情報を集める点ではハンターギルドに恩を売って損はない。

「リーゼ、少し席を外す。アクリのことを頼んだぞ」

「かしこまりました」

私はハイルとともに移動し、少し離れた家に入る。

元々誰かが住んでいた家だが、今は空き家でハンターギルドが倉庫として利用しているらしい。

ハンターギルドではなく、わざわざここで会話するってことは、ハンターギルドとは関係のない仕事の話だろうか？

まさか、私を襲おうっていうんじゃないだろうな？

だったら雪華の刀の錆《さび》にしてやる――雪華はクルトが鍛えた刀だから錆びることはないけどな。

「定期的に手入れはしているのですが、少し埃が積もっていてすみません。どうぞお座りください」

そう言って、ハイルは椅子の上に自分のハンカチを敷き、私に座るように促す。

こういう風な紳士《しんし》的な対応をされることは少ないので、ちょっと慣れない。

そういえば、王家直属冒険者だった時に近衛騎士からケーキの差し入れを貰ったことがあるが、花壇《かだん》の縁石に座って食べてたっけ。

そういう柄《がら》ではないんだが、せっかくの好意だからとハンカチの上に座らせてもらった。

「では、飲み物を用意いたします」

「いや、飲み物はいいから話を進めてくれ」

「そうですか。それでは、依頼の話ですが――」

襲ってくるとか思って悪かった。

ちょっとした魔物退治くらいならリーゼと相談して引き受けても……

「ハンターギルドのギルドマスターであり、この居住区の区長であるハーレルを殺していただきたいのです」

……いやぁ、これはさすがにダメだろ。

「暗殺依頼なら暗殺者に頼んでくれ。私はただのハンターだ」

そういうのはミミコの仕事だ。あいつ以上の殺し屋はいないからな。

というかそもそも、ハイルってそのハーレルの息子だったよな。

親子喧嘩《けんか》でいきなり暗殺依頼ってとんでもないな。それとも権力争いか？　いや、ここの居住区の区長とギルドマスターは選挙で決まって世襲制ってわけじゃないから、ハーレルが死んでもこいつがその席に着けるとは限らないはずだ。

「暗殺を引き受けてくれないのなら、ハーレルの素行調査をお願いしたいのです」

「素行調査って、そういうのは諜報員の仕事だろ」

それもミミコの仕事だ。

グルマク帝国に長年潜伏していた話はよく聞かされる。

……ミミコってやっぱり凄いな。

一流の暗殺者兼諜報員って。

さらに、いまだに一流諜報員のファントムの纏め役をしているのだから。

宮廷魔術師を名乗るのをやめてそっち一本で生きていけよって思う。

「頼れる人があまりいないのです。この居住区の人間は、多かれ少なかれハーレルに関わりのある仕事をしています。ハーレルに逆らえる人間はいない。しかし、居住区の人間ではないあなたなら、そのリスクは低い」

「いやいや、私たちは人を探していて、できることならハンターギルドの協力が欲しいから、ギルドマスターの敵になりたくないんだ。そもそも暗殺を前提とした調査なんて御免《ごめん》だ。というか、なんでそんなに殺したいんだよ。あんたの親父さんだろ？」

「血は繋がっていません。私の実の両親はハンターで仕事中に命を落としました。ユーリシアさんがゾンビを倒した遺跡――第百二十一居住区の調査をしている時に魔物に殺されたのです。両親を失った私をハーレルは養子として受け入れてくれました。ずっと感謝していました。私もいつかハーレルのようになれたらと思い、努力を重ねました」

「だったら――」

「ハーレルが第百二十一居住区の結界を破壊した張本人だと知るまでは」

「……事実なのか？」

それが本当なら大ごとだ。

「情報屋からいただいた話です。私も実際に調べてみました。十五年前、結界が壊れる前にハーレルが何度も第百二十一居住区に出向いていた記録がありましたが、その目的の欄《らん》が空白でした」

「それだけじゃ――」

「ええ、それだけでは何の証拠にもありません。ですが、私は見たのです。ハーレルは人間ではなく、悪魔が人に化けている証拠を」

「悪魔が人間に？」

「ええ父の変身の一部が解けて悪魔となる瞬間を見ましたから。情報屋の言う通りだったんです」

初めて、ハイルの顔が歪《ゆが》んだ。

とても悔しそうだ。

ハーレルのことを信じたかったのだろう。

確かに、中級悪魔以上は人間に化ける力を持つ者も多いと聞く。あり得ない話ではない。

私も悪魔には何度も煮え湯を飲まされたからな。

しかしなるほど、そういうことならたまにはこちらから奴らの計画を潰しにかかりたい。

「素行調査だけだ。それだけ引き受ける」

リーゼの胡蝶があれば、隠れて近付くのも容易だろう。

クルトが結界を維持する魔道具を発見したことは、既にクルトからハンターギルドに伝わっているだろう。

ハーレルが結界を破壊した犯人だというのなら、そこに何か証拠があるかもしれない。

「まぁ、あいつが本当に悪魔だって言うなら、対処法もいくつか心得ている。どうとでもなるさ」

クルトに水晶の魔法晶石を作らせるか？

それがなくても、精神体である上級悪魔だったら、クルトの変わった力を見るだけで消滅する可能性もある。

ハスト村の住民から貰った悪魔殺しの魔法玉がまだ残っていたらそっちでもいいな。

いや、それより、対ゾンビとして工房から持ってきたクルトお手製の水晶から作った魔法晶石を使えばいい話か。

不死生物《アンデッド》や悪魔以外には効果がないそうだし、いきなり使ってもいいんだが、本当にハーレルが悪魔だというのなら、その目的も知りたい。

もしかしたら、悪魔の契約者がいるのかもしれない。

まぁ、ハイルが嘘をついているとか、ただの勘違いって可能性もあるからな。慎重に調査をしないと。

それから、もちろん、報酬の話もする。

ハンターギルド経由ではないので前金を貰うことも忘れない。

金はもちろんだが、ゴルノヴァとマーレフィスのことを探すのも手伝ってもらう。

クルトたちにも今回の依頼のことを伝えないといけないな。

だが、ミレはどうしたものか？

あいつはこの居住区の人間だ。しかも、元はハイルがハーレルによって滅ぼされたと主張する第百二十一居住区の住人の可能性が高いという。情報が何もない状況で巻き込むのはダメだな。

あいつには今回の件は黙っておくことにしよう。

そのこともハイルに伝えた。

私とハイルが接触した直後に動くと怪しまれるから、動き出すのはしばらくしてからかな？

広場に戻ると、既に商売が始まっていて広場は大盛況の様子だ。

リーゼとアクリだけでなく、クルトとミレも手伝っている。

特に果物の砂糖漬けと酒類は好調だな。魚もそれなりに売れてるようだ。

薬は売れていない——と思ったら、薬を入れていた五つの木箱のうち三つが売れた。

買ったのはハイルだ。

ハンターギルドで保存して、いざという時に使うらしい。

クルトの薬は数百年品質を維持できるし、大量購入しても問題ないからな。

しかし思った以上に大金が入ってきてるな。私がハイルから貰った前金が霞《かす》んで見える。

それからは、私も売り子として手伝いに参加した。

あまりの混雑っぷりに、客たちをかなり待たせてしまっているが、その客から不満の声が上がることは一度もなかった。

むしろ、全員が私たちに感謝の言葉を投げかける。

この世界で遠くから商品を運ぶ行商は、私たちの世界で行うのとは比べものにならないくらい危険が伴う。

お客様は神様です——なんて商人がよく口にしているが、この世界の人たちからすれば、行商人こそ神様なんだろうな。

だからこそ、輸送隊《キャラバン》が発行している紙のお金も浸透しているわけだ。

ここまで感謝されると、少しくらいは頑張ろうって気になるよ。

まぁ、居住区の人口は数百人程度って言ってた。

この速度で売れ続けたら、さすがに客もいなくなるから、忙しいのは今だけだろうな。


「――なんでまだ客足が途絶えないいんだよ！」

数時間後、私はそう叫んでいた。

おかしい、居住区の人口を超えている客の相手をしているぞ。

頑張ろうって気がしていたが、そんなのとっくにどこか行ってしまった。

しかも、買う量が増えている。

店員をしている私たちは、クルトお手製の栄養剤のお陰で肉体的な疲れはないが、精神的な疲れには効果がないからな。

いくらなんでも減らない客に私は辟易してきた。

客をよく観察すると、昼にも買いにきていた客が再度訪れている。

話を聞くとこうだ。


果物の砂糖漬けと布を買ったAさん。

とりあえず味見としてパパモモの砂糖漬けを少し削《けず》って欠片《かけら》を食べた。

そのあまりの美味しさに意識を失いそうになった。

さすがにもう売り切れていると覚悟して広場に戻ると、まだ売っていた。

これは買うしかないと、行列に並び、買えるだけ購入。


昼間、酒と魚の干物を買ったハンターのBさん。

干物を焼いて、酒を飲んでから来た。

できればもう一度買いたいが、金がない。

困っていた時、ハンターギルドからお金が振る舞われた。

ミレが見つけた札束の分け前が入ってきたのだ。

その金を持って、行列に参加。


鑑定スキルを持つCさん。

薬の性能を見て、これを買い占めて転売すればひと財産になると予想。

貯金を下ろし、借金までして全ての薬を買い占めようとした。

だが、いくら買っても買ってもなぜかなくならない在庫に、これ、商品を買いすぎたら供給が勝りすぎて価値が暴落するのではないかと危機感を抱いているようだ。


果物の砂糖漬けは、ただ果物を砂糖に漬けるだけだからとクルトに作ってもらったのが仇《あだ》になった。品質が良すぎたようだ。

それに、ミレの報酬の一部がハンターたちに振る舞われたのも客の増加に拍車《はくしゃ》をかけている。あぶく銭《ぜに》だからと使い切るハンターが後を絶たない。

ただ、気になったのは「買っても買ってもなくならない」という謎の証言。

それって――

「はい、次の商品持ってきました」

クルトが商品を持ってカウンターに向かう。

そういえば、さっきから在庫が減っていないような。

あれだけ売れているのに？

荷馬車の上を見ると、まだまだ木箱が置かれている。

どういうことだ？

と思ったら、クルトが荷馬車の木箱の中から商品を取り出し、代わりにマジックバッグから商品を取り出して木箱の中に補充していた。

「って、クルトかぁぁぁっ！」

「え!? どうしたんですか、ユーリシアさん」

「お前、いったいどのくらいの商品持ってきたんだ？」

「はい。ミレさんがみんな心待ちにしてるって言っていたのでいっぱい作りました。具体的に

は――」

「いや、具体的には言わないでくれ」

クルトが言う『いっぱい』が、私の認識している『いっぱい』で済むはずがない。

もう、無限と思った方がいいだろう。

あぁ、お金が貯まっていく。

クルトの奴、この世界でも銀行を作るつもりか？

「…………」

想像したら現実になりそうで怖い。

旧世界支店か。

キルシェルを派遣しないといけなくなりそうだ。

ただ、集まってくるのが紙のお金ばかりなので、お金が集まっているという感覚は薄いな。

「なぁ、クルト。行商人っていうのはあくまでフリなんだ。ほどほどでいいんだぞ」

「はい。でも喜んでくれる人がいるなら頑張って続けたいです。僕が作ったもので喜んでくれるのなら、工房主代理《アトリエマイスター》としてしっかり働かないと！　きっと、リクト様だったら同じことをすると思うんです」

とクルトはここで工房主代理《アトリエマイスター》としての使命を果たそうとする。

「ユーリシアさんは休んでいてください」

「大丈夫だ。クルトが作った栄養剤のお陰で疲労はないからな。もう少し頑張るぞ」

クルトの存在が精神《こころ》の栄養剤だな。

なんて私は柄《がら》にもないことを思ってみる。

「ユーリさん、遊んでいないで手伝ってください。まだまだお客様が残っているんですよ」

「そうですよ、ユーリママ。急がないと夜になってしまいます」

「さすがにそろそろ客足も途絶えると思うので頑張りましょう」

「夜まで働くのは御免だな」

リーゼとアクリ、ミレに言われて私も残りの客の相手を始めた。

その後、ハンターギルドの受付嬢さんが仕事終わりにかけつけて手伝ってくれて、なんとか太陽が完全に沈み切る前に店じまいすることができた。

「頑張りましたね」

「ああ、頑張ったな。ったく、明日以降店開いても誰も来ないんじゃないかってくらい売れたよ」

こっちは最大一カ月滞在する予定だっていうのにな。

「あ、ユーリシアさん。明日は店を開けないつもりです」

「店を開かないってどういうことだ？　もしかして、もう第三十八居住区に行くのか？」

クルトたちにハーレルの素行調査のことを伝えていないから、そう判断してもおかしくない。

クルトからしてみれば、一分一秒でも早くゴルノヴァたちの安否を確かめたいだろうからな。

すぐに伝えないと——でも、ここにはミレがいるから、離れた場所で伝えようとしたが、クルトが思わぬ先手を打ってくる。

「ハーレルさんから仕事の依頼を受けたので、そっちを優先しようかと思うんです」

え？　仕事の依頼？

しかもハーレルからの直接依頼だって？

「遺跡のことについて報告したら、再調査に行くので同行してほしいって言われたんですよ」

「遺跡の再調査⁉」

「はい、なんでも今回の発見はとても重大なものらしく、ハーレルさん自ら調査に同行するそうです。他にも居住区のハンターさん三十人、ほぼ全員で行くみたいです」

まさか、証拠の隠滅《いんめつ》を図るつもりか？

いきなり後手に回ってしまった感じがする。

……いや、むしろ好都合じゃないか？

そこで怪しい動きをしたら調査が楽になる。ハーレルが自ら動き出すんだ、何もしないはずがないだろう。

とりあえず、リーゼとアクリには話しておくか。

「リーゼ、ちょっといいか？」

「待ってください。今、クルト様が後日店を開いた時に備えて商品の梱包をしている姿を観察するのに忙しいので」

「暇ってことだな。ちょっと付き合え」

「何ですか!?　引っ張らないでください！　この瞬間のクルト様はこの瞬間しか存在しないんですよ」

はいはい――と私はリーゼの襟《えり》を掴んで引っ張っていった。

そして、リーゼに事情を説明する。

「なるほど、それでユーリさんは私の意見も聞かずに依頼を引き受けたと」

「ああ。正直、ゴルノヴァの捜索が遅れるより悪魔の存在を放置する方が厄介だ。リーゼも悪魔に対しては恨みもあるだろ？」

リーゼは悪魔に命を狙われていたからな。

「まぁ、恨んだことはありますが、上級悪魔のお陰でクルト様との仲が深まったと思いますとその恨みすら喜びに変わりますわ」

「上級悪魔が召喚されたせいで、クルトが作った温泉饅頭が大量に無駄になったことがあったな。タイコーン辺境伯がリーゼロッテ王女に振る舞うために用意した――つまりクルトがお前のために用意した温泉饅頭なのになぁ」

「そういうこともありましたわね……ふふ……ふふふ……許すまじ、悪魔。この世から全て抹殺《まっさつ》してさしあげませんと」

よし、リーゼはこっちの味方だな。

「あとはクルトとアクリにも説明を――」

「アクリには私から説明をしておきますが、クルト様にお伝えするのはやめた方がいいでしょう」

「なんでだ？」

「クルト様はユーリさんと違って純真なお方ですから、腹芸をするときっとボロが出てしまいます。それに、ハーレルがクルト様に依頼をしたということは、クルト様の遺跡の発掘能力を買ってのことでしょうから、クルト様を注目しているということです。そんなクルト様の様子がいつもと違えば、ハーレルも違和感を覚えて尻尾を出さなくなるどころか、クルト様の殺害に踏み込む可能性すらあります。何もしなければ、少なくとも、クルト様が見つけたという施設の場所を案内させるまではクルト様に手を出すことはないでしょうから」

なるほど、一理あるとは思うが……

「またクルトに秘密事が増えるのか……なんか除《の》け者にしているみたいで嫌なんだが」

「私だって辛いです。しかし、クルト様の身を守るにはそれが一番ですから」

リーゼが血涙《けつるい》を流しそうな顔で覚悟を決めたようだ。

こいつにここまで言われたら、私も黙ってるしかないよな。

はぁ、気が重いよ。

# 幕間話　居住区の奇跡

今日、第五百三十六居住区に外からの客がやってきた。

輸送隊《キャラバン》以外の人間が外から来ることは滅多にない。来るとすれば、せいぜい、別の居住区から食糧の無心に来る奴らくらいだ。

つい先日、ハンターのミレが連れてきた少年がいたが、その連れ合いだそうだ。

まったく、十五歳で妻が二人だと？

居住区によっては一夫多妻、多夫多妻を認めているところもあると聞くが、うらやまけしからん奴だ。

ただ、面白いことにその一行は行商人をしているという話だ。

これはありがたい。

歌や踊《おど》りも楽しいが、外からの買い物ほどの娯楽はない。

広場では、あの少年の妻を名乗る若い女性が商品を売っていた。

俺にとって一番の楽しみは見たことのない本なのだが、本は見当たらない。まぁ、あったとしても本は非常に高価だから滅多に買えないが。

なるほど、売っているものは売れ筋の食品や日用雑貨がメインと。

魚の干物は好物なのでこれがあるのは嬉しいが、これも輸送隊《キャラバン》が売りに来てくれるので珍しいというわけではない。

とりあえず干物は買うのは決定、と。

女どもは果物の砂糖漬けに夢中のようだが、俺はどちらかといえば酒の方がいい。

まぁ、ここで酒と魚だけ買って帰ったら妻と娘に散々文句を言われるのはわかっているので、当然果物の砂糖漬けも購入する。

さて、他に何か面白い物は……ん？

「嬢ちゃん、それはなんの種だ？」

俺の娘より小さな女の子が出していたのは何かの種だった。

子供の遊びにしては、ちゃんと値段が付けられている。

「果物の種です」

「果物の種か。何が育つんだ？」

「これは葡萄の種です。パパが育てた葡萄の種なのでよく育ちます。ワインに向いている品種なので、そのまま食べるには少し皮が分厚いかもしれません」

「ワインか……夢があるじゃないか」

確か、葡萄って実ができるまで二年か三年くらいかかるよな？

そこからワインを作るとなると、飲めるまでさらに一年以上は必要か。

種が十粒入って、十ポート。話のネタにはちょうどいい。

でも、こんな種を売って儲《もう》けが出るのか？

まあいい、ハンターギルドから販売許可を貰ってるんだ、土に害の出るものじゃないだろう。

「お買い上げありがとうございます。ご一緒に肥料もいかがですか？　土に優しい有機肥料です」

なるほど、種はあくまで肥料を売るための布石ってわけか。

商売上手だな。

というか、さっきから俺とやり取りしてるこの子、本当に子供か？

俺の家にいる五歳の娘より――いや、俺よりしっかりしてるぞ？

こんな娘がいて、この父親の少年が羨ましくなった。

さぞカッコいいんだろうな。

と思ったら、その父親がやってきた。

その姿を見て思う。

……俺の若い頃よりカッコいい……いや、妻の若い頃より可愛いな。

とりあえず、買った種を家の前に植えて肥料を撒いた。

妻に無駄遣いしてと怒られた。

俺の小遣いでも、無駄遣いは許されないらしい。

でも、俺には秘密兵器、果物の砂糖漬けがある。

それを妻と娘に振る舞った。

なぜ、一瓶しか買ってこないんだとさらに怒られた。それほどまでに美味しかったらしい。

結局、その日の夕方、もう一度広場に買いに行かされる羽目になった。


翌朝、広場で果物の砂糖漬けが売っていたらもう一度買ってくるように妻に言われた。

もう全部食べたのかと尋ねたら、クッションを投げられて、「保存用に決まってるでしょ！」と怒られ、謝りながら家を出て、俺はそのまま家の中に戻った。

「たたたたたた」

「ただいまにしては早すぎるわよ。どうしたの、あなた？」

「大変だ！　家の前に――」

「家の前？」

理解してくれない妻のために、いいから見てみろと俺は彼女の手を引っ張って外に出た。

そこに生えていたのは十本の成木だった。

昨日植えたばかりの種が、全て木になっていたのだ。

しかも、その全てに葡萄の実が生《な》ってている。

「なにこれ？　あんた、葡萄の木なんて買ってきて植えてたの？」

「バカ言え……俺の安い給料でこんなの買えるわけないだろ？　言っただろ、俺が買ったのは種と肥料だけだって」

肥料が良すぎるのか、種が異常なのかはわからないが、とんでもないことになってるぞ。

◇◆◇◆◇

「お母さん、お薬買ってきましたよ」

第五百三十六居住区で母と二人で暮らしている私は、病気で動けなくなった母に、広場で買った薬を持ってきた。

痛み全般を和らげるというその薬があれば、病気で苦しむ母を少しでも助けられると思ったから。

夫には先立たれ、三人の子供は結婚してそれぞれ別の家庭を持った。

今私と一緒に暮らす唯一の家族と言ってもいい。

でも、その母も病気で倒れ、寝たきりの生活を送っている。

「ごめんね……本当にごめんね」

「謝らないで、お母さん」

幸い、この居住区は動けない者への自死推奨《すいしょう》制度（という名の強制的な自殺）は行っていないが、それでも生活は苦しくなる。
そして、病気はもう治ることはない。
母もそのことがわかっているのだろう。
「はい。水薬だから飲みやすいよ」
私は瓶の蓋を開けてお母さんに渡す。
綺麗なガラスの瓶だ。この瓶だけでかなりの額がしそうな気がする。
なのに、薬の値段は輸送隊《キャラバン》で買う薬の半値以下だった。
毒ではないと《鑑定》をした人が笑顔で言ってくれたが、効果はそれほどないと思う。
「ありがとう」
母は涙を流して薬を受け取ると、その薬を三分の一ほど飲んだ。
その時、母が笑みを浮かべた。
病気で倒れてから、母がこのように笑ったのは初めてのことだ。
「とても美味しいわ。こんな美味しい飲み物は初めてよ」
美味しい？　薬が？
普通、薬といったら苦くて顔を顰《しか》めるものだと思うのだけれど。
まさか、果実水を薬と偽って売っていた？
いいえ、仮に果実水だったとしても破格の値段だった。

わざわざ嘘をついて売らなくても、同じ値段で正直に果実水と言って売れば、すぐに売り切れてしまう。

だとすると、飲みやすさを重視しているのかもしれない。

であれば、効果は本当に期待できないだろう。

でも、久しぶりに母の笑顔を見ることができたので私はこの薬を買ってよかったと心から思った。


次の日の朝。

裁縫《さいほう》の仕事を貰うために斡旋所《あっせんじょ》に行こうとした私の目に飛び込んだのは、立ち上がった母の姿だった。

「お母さん⁉　どうして？」

「それが、急に立てるようになったのよ。昨日の薬がよかったのかしら」

「昨日の薬で⁉」

信じられないような奇跡。

こうなったらいいなと夢に見ていたことは何度もあったが、所詮は夢だと諦めていた。

それが現実になるなんて。

この奇跡を見て私は神に、そしてこの薬を売ってくれた行商人の方々に涙とともに感謝した。

# 幕間話　眠れぬ初めての夜

僕――クルトはユーリシアさんたちに許可を貰い、正式にハーレルさんの依頼を受けることにした。

その日は部屋を移動し、ユーリシアさんとリーゼさんとアクリの四人で一つの部屋を使うことになった。

僕たちの関係が婚約者であり、そして親子であることは既に伝わっていたらしい。

実際のところ、四人で同じ部屋で寝ることなんて滅多にない。というより初めてのことだと思う。

「四人で同じ部屋で寝るのは初めてですよね」

「だな。宿で泊まる時も、最低二つは部屋を取ってたし、ハスト村でも部屋は別々だったもんな」

「はい。ユーリシアさんと同じテントで寝たことはありますけどね」

僕がそう言うと、突然ユーリシアさんが扉を開けようと部屋の入り口に向かった。

しかし、ユーリシアさんが扉のノブを握ろうとした瞬間、ノブではなく扉そのものが消えて、その手が空振りをした。

ってあれ？　扉が消えたことには驚いたけれど、あんな場所に扉なんてなかったはずだ。この部屋の扉は一カ所だけだったはず。

「……幻っ！　リーゼ、お前人間以外でも幻影を生み出せるのか」

ユーリシアさんが忌々し気に呟く。

本当の部屋の扉はリーゼさんの後ろにあった。

一瞬にして心理戦を含んだ攻防が繰り広げられていた。

「あらあら、ユーリシアさん。護衛たるもの、逃走経路の確認は最初にするべきではありませんか？　クルト様をワイバーンに攫われて反省しているかと思いきや、少し気が緩んでいるのではなくて？」

なるほど、逃走経路の確認をしていたんだな……と以前までの僕だったら勘違いしていたんだろうけれど、二人の気持ちを確認してしまった今、僕は余計なことを言ったことに気付いた。

「リーゼさん、待ってください。僕から説明をさせてください」

「はい、クルト様の頼みだったら、私はいつまでも待ちますわ」

「よかった」

「ですが、先にこの裏切者を始末してから――私に散々自制しろだの結婚まで我慢しろだの言ってきたのに、なに抜け駆けを――」

「怖い怖い、リーゼ、待て！　ステイ！」

「クルト様と同じテントで寝た？　二人で？　二人きりで？　いったいどういうことか説明してい

ただく必要はありません。罪状は死罪に決まっています」

「いや、寝てない！　お前の思うようなことは何もない。私が隣で寝たらクルトはすぐにテントを出て外で寝ていた。本当だ！　嘘だとわかったらクルミちゃんファンクラブを抜けてもいい！」

ユーリシアさんの必死の自己弁護。

あの時、ユーリシアさん、実は起きてたんだと改めてわかった。

って、嘘だったらクルミ《僕》ちゃんのファンクラブを抜けるって、そんな変な条件を出したら、火に油を注ぐだけの結果に――

「……命を賭ける程度では疑念は晴れませんが、そこまで言うのなら本当のようですわね」

納得したっ!?

え？　クルミ《僕》ちゃんのファンクラブの脱退って、命を賭けるより重い決断なの!?

「でも、少しの間、ともに寝たのは事実ですわね」

「待て！　あの時は私はクルトと出会ったばかりで好きではなかったんだからノーカウントだろ！」

「いいえ、一回は一回です。次は私の番ですからね」

またヒートアップしていく。

このままだとどうなるか。

何かいい解決方法がないだろうか？　と思ったら、アクリが僕の服の裾を掴んで言う。

「私、二時間ほどお散歩してきますね！　危ない目に遭っても転移で逃げますから危険はありません」

「気を遣わなくていいから！　ハンターギルドの受付の人からも、壁が薄いから変なことはしないようにって釘を刺されてるんだから」

「でも、パパなら音を出さずに部屋を防音工事できるでしょ？」

「そんなのＤＩＹが趣味の人なら誰でもできるよ」

僕がそう言った瞬間、ユーリシアさんとリーゼさんが何かを期待するような目でこっちを見てきた。

顔に若干赤みが帯びている気がする。

これって危ないんじゃないだろうか？

「じゃあ、ミレさんのおうちに遊びに行ってきます。今夜泊まると思うので明日の朝には戻ります」

「クルト様、アクリもそう言っていることですし、ここは彼女の善意に甘えましょう」

「そうだな。まぁ、結婚前にするのもなんだが、しかし——こういうことは一度経験しておいた方がいいと思うぞ」

「確かに、こういうのは一度経験しておいた方が互いの結束も深まるって父と母も言っていました」

僕は頷いて言う。

「クルト様もそういう話をお父様とお母様となさるのですね。クルト様のご家庭はそういうのは無縁だって思っていました」

「いえ？　父さんと母さん、実は今でも夜によくやっているんです。それを知るたびに、僕はなんとも言えない気持ちになりまして」

「まぁ、子供からしたら、それは確かに気まずいな……」

ユーリシアさんが同意するように頷く。

アクリが部屋を出ようとするのも僕にはよくわかる。

だから、僕は二人の手を握って言った。

「だから、お願いします！　喧嘩はやめましょう！」

「「喧嘩？」」

ユーリシアさんとリーゼさんとアクリが同じ角度で首を傾げた。

「待て、クルト。今まで喧嘩の話をしてたのか？」

「え？　だって二人で喧嘩してましたよね？」

大きな声で喧嘩したら、この部屋の壁は薄いから外に丸聞こえになってしまう。

僕の両親も普段は仲がいいんだけど、実は結構な頻度で喧嘩してたんだよな。すぐに仲直りしてたけど。

その両親からは、常々言われていた。

「僕たちがしているのは喧嘩じゃなくて、意見のぶつけ合いだよ。クルトも結婚前に一度言いたいことを言っておかないと結婚後大変だぞ」

「そうよ、クルト。ユーリシアさんもリーゼさんもいい子だけど、でもだからこそクルトに言えないことがあると思うの。一度、そういう機会を設けた方がいいわ」

って。

「はぁ……まぁ、クルトだしな」

「ええ、クルト様だから仕方ありませんね」

あれ？　なんか僕が悪い流れになってる？

でも、なぜか二人が仲直りできたようなので、僕は安心して眠れそうだ。


深夜。

ふと目が覚めて隣のベッドを見ると、あんまり眠れないのかリーゼさんがじっとこっちを見ていることに気付いた。

「リーゼさん、眠れないのならお薬用意しましょうか？　それともホットミルクを――」

「いえ、お気になさらず。眠れませんが、それ以上に幸福に満たされていますので大丈夫です」

「……そうですか」

リーゼさんが大丈夫だと言うのなら大丈夫なのだろう。

もう一度、薄目を開けて隣のベッドを見る。

リーゼさんが僕を凝視《ぎょうし》していた。

寝不足のせいで眼球の血管が浮いているように見える。

本当に大丈夫だろうか？

リーゼさんの健康も心配だけど、それ以上に寝ている姿をじっと見られていることが気になって僕があまり眠れそうにないよ。

# 第4話　元凶現る

初めて四人で同じ部屋で寝た。最初はリーゼさんの視線が気になったけれど、最後には熟睡《じゅくすい》できた。

いつも通り夜明け前に目を覚まし、朝食の準備を始める。

リーゼさんも起きていた（昨日ちゃんと寝たよね？）ので朝食の準備を少し手伝ってもらった。

ユーリシアさんとアクリが起きる頃には、お弁当の準備まで終わらせた。

三人が部屋で着替えている間、僕もハンターの方が使う男性用更衣室を借りて、既に出勤していたハンターギルドの受付嬢さんに作りすぎたサンドイッチの差し入れをしたあと、朝食。

その後、使った部屋の掃除をパパッと終わらせて、集合場所に向かった。

集合時間の十分前だったけれど、既に三十人ほどのハンターたちが集まっていた。

ミレさんとハーレルさんの姿もある。

あと、集まっているハンターの隅にオクタールって男の人もいた。あの人は情報屋でハンターじゃなかったはずだけれども、今回の探索に参加するのだろうか？

そして、予定の時間になろうかという時、ハーレルさんの息子のハイルさんも現れた。

「何をしている、ハイル？」

「私も同行させていただきます」

「必要ない、帰れ」

「行きます。私も遺跡には興味がありますので」

行く行かないで揉めている。

ハーレルさんは危険な場所に息子を連れていくのが心配なのだろうか？

「連れていったらいいんじゃないか？　ここで問答して時間を潰すのも勿体ないだろ」

ユーリシアさんがハイルさんを援護するように言う。

すると、他のハンターからも同調する意見が出た。

みんな朝早くから集まっているのは、出発時間が遅れたら今日中に調査が開始できず、明日の帰還が危ぶまれるからだ。

ギルドマスターと秘書の関係とはいえ、二人が父子なのは周知の事実であり、内輪もめで貴重な時間を潰すのはよくないというものだった。

結局、ハーレルさんが折れるかたちとなり、ハイルさんの同行が許可された。

僕たちとミレさん以外は邪素吸着マスクを着けて移動を始めた。

他のハンターから、「マスクは要らないのか？」と聞かれたが、「中央大陸の特別な技術があるので」と説明して納得してもらった。

そして、僕は馬車に乗って移動。

ユーリシアさんとリーゼさんは御者席に座っている。

ハンターさんたちの荷物も一緒に載せているため場所が確保できず、僕とアクリだけ荷台で休憩しているかたちになって、少し申し訳ない気持ちだ。

途中、禁忌の怪物が出てくることはなかったが、魔物が何度か現れた。

先日の禁忌の怪物の出現により、周囲の魔物の量が増えているって言っていたからかな。

ミレさんも戦いになるとボウガンを使っていた。

ワイヤーのついたボウガンを巧《たく》みに使い、ワイルドボアを仕留めていた。

ボウガンはリーゼさんの弓矢と違って威力が高いけれど、装填《そうてん》に少し時間がかかる感じの武器だな。

うーん、少し改良すればもっと早く装填できて威力も増す形になりそうなんだけど。

「パパ、何を作ってるの？」

「ミレさんにお世話になってるから、お礼にボウガンを作ろうかなって思って。とりあえず装填に時間がかかるから、あらかじめ何発も装填できる形にしようかな？　威力も増して」

「矢に自動追尾機能も付けるの？」

「あはは、さすがにボウガンにそんな機能を搭載させるのは無理だよ」

魔法銃には取り付けたことがあるけれど、あれって結局不便なんだよね。

「あ、パパ、そこはわかってるんだ」

「代わりにワイヤーを取り付けた場合の誘導機能と自動巻取り機能を付けようかな。あと魔法晶石を取り付けて――」

「そこはやっぱりパパなんだ」

アクリがため息をつく。

何か変なこと言ったかな？

昔は一緒に盛り上がってくれたんだけど、成長してから反応が悪くなったな。

もしかして、反抗期かな？

よく、子供を持つお父さんから、「自分の子供だけが特別だと思うなよ」って聞かされた。アクリは大精霊だし、僕より何千歳も年上になっちゃったけどやっぱり特別じゃないのかもしれない。

「たぶん、パパが考えているようなことじゃないと思うよ？」

「アクリって読心術使えるの？」

「使えなくてもわかるよ」

読心術じゃないのなら、プロファイリングってやつかな？

さすが、大賢者として何千年も人間の観察をしていただけのことはあるなぁ。

「クルト！　ワイルドボアの処理手伝って！」

「はい、わかりました！」

戦いでは役に立たないから、こういう時に頑張ろう。

僕はミレさんに言われてワイルドボアを運ぶ。

内臓が傷まないように、こっちも防腐処理しておかないとね。

こうしていると、「炎の竜牙」での雑用時代を思い出すな。


昼前には、目的の第百二十一居住区に到着した。

中は瓦礫の破片がいっぱいで狭い場所も多いため、デクには悪いけれど外で待っていてもらうことにした。

「あ、皆さんの食事を用意しています」

僕はそう言ってお弁当箱を取り出した。

お弁当箱の中に入っているのは、フィッシュフライサンドだ。

あと、ワイルドボアのお肉を使ったカツサンドも用意する。

「魚がいいですか？　それとも猪肉がいいですか？」

「俺たちもいいのか？　じゃあ魚で！」

「俺も魚だ。猪肉は正直食い飽きた」

「魚は苦手だから猪肉で頼む……ってうめぇっ！　俺の知ってる猪肉と全然違うぞ」

「本当かよ。そこまで言うなら俺も猪で……ってマジだ、うまい！」

「いやいや、魚もうまいぞ。こんなうまいものが毎日食べられるのなら、毎日遺跡調査をしたいくらいだ」

「パンについたソースがたまらん。なんなんだ、このソースの深い味わい……」

みんな喜んで食べているな。

そいう思っていたら、オクタールさんが水の入ったコップを差し出してきた。

「ほら、あんたの分だ」

「ありがとうございます。オクタールさんもどうぞ。猪肉と魚、どっちがいいですか？」

「じゃあ猪肉で頼む」

オクタールさんにカツサンドを渡した。

怪しそうな人だと思ったけれど、みんなに水を配って歩いていい人だな。

ミレさんを見ると、水を《鑑定》してから飲んでいた。

どうやら大丈夫らしい。

少し酸味《さんみ》が効いていて、サンドイッチによく合う味だった。

「ハーレルさんも一つどうぞ」

「私は結構だ。自分の昼食は持ってきている」

ハーレルさんだけはサンドイッチを受け取らず、持ってきた干し肉を噛みながら、水を飲んでいた。

「それより、クルトくん。地下の場所を案内してくれるか？」

「え？　でもまだ食事中」

「先に見ておきたいんだ」

「……はい、わかりました。ついてきてください」

僕はそう言って、ハーレルさんを案内しようとする。

「ギルドマスター、私も一緒に行きます。私も第一発見者ですから」

するとミレさんが気付いて、一緒に付いてきてくれた。

周囲のゾンビに警戒しながら、目的の場所に辿り着く。

魔物が間違って入らないように入り口は元通り隠しておいたので、床板を剥《は》がすところからだ。

「よくも見つけたものだ」

ハーレルさんはまるで辛抱《しんぼう》ができなかったかのように飛び降りる。

僕とミレさんも急いで下に降りた。

既にハーレルさんは結界維持装置のある部屋の扉に手をかけていた。

「あ、待ってください、ギルドマスター。そこは簡単に開けることは――って、え？」

ミレさんがそう言う途中、ハーレルさんが扉に手をかけると、扉がすっと開く。

まるで、この施設の主人が帰還したかのように。

それには僕とミレさんも顔を合わせて驚く。

そして、ハーレルさんが部屋の中に入っていこうとしたその時、ハーレルさんの帽子《ぼうし》がまるで何かに引っ張られるかのように脱げた。

そして、その頭部が明らかになる。

「えっ⁉」

ミレさんが声を上げた。

ハーレルさんがその場に停まり、振り返る。

その表情からはハーレルさんが何を思っているのか想像できない。

ただ、ミレさんが驚いていることだけはわかった。

僕も驚いた。

「――見られてしまったな」

ハーレルさんがそう言って頭のそれを触る。

そこには普通の人間にはないものがあったのだ。

「そこに誰かいるのだろう。姿を見せなさい」

ハーレルさんはそう僕たち――ではなく、誰もいないはずの場所に向かって言った。

すると、そこに突如としてユーリシアさんとリーゼさんとアクリ、そしてハイルさんが現れた。

どうやら、ハーレルさんの帽子を取ったのは胡蝶を使って姿を消していた四人のうちの誰かのようだ。

ハイルさんの表情は怒りに染まり、そしてユーリシアさんとリーゼさん、そしてアクリの表情は罪悪感に満ちている。

「……ハイルか。どういうつもりだ？」

「父さん――どういうつもりかは私が言いたい台詞《セリフ》です。私はあなたのことを信用したかった。あなたが実は悪魔で、結界を壊した張本人だと言われても、それを見るまで信用したかった」

「私が結界を壊した？ それに悪魔だと？ 何を言っている。それは――」

「しらばっくれないでください！ 頭のそれが動かぬ証拠です！」

ハイルさんがハーレルさんの頭に生えている角を指差して大声で叫ぶ。

しかしそれに対して僕は言った。

「これ、悪魔じゃなくて有角種――魔族の角ですよ？」

悪魔の角とは形が違う。

僕がそう言うと、ハイルさんは一瞬何のことかわからないという感じだったが――

「魔族？ 悪魔の別称ですか？」

「全然違います。あの角は邪素を魔力に変換する外部器官です。悪魔ではありません」

「邪悪な存在なのでは？」

「僕の幼馴染《おさななじみ》も魔族ですけど、とってもいい子ですよ？ もちろん、悪い魔族もいましたが、いい人間と悪い人間がいるようなものです」

するとハイルさんは振り返りユーリシアさんたちの方を見た。

「本当ですかっ⁉　悪魔ではなく、マゾクという種族で、私たち人間とほとんど変わらないと」

その言葉に、三人は頷いた。

「ああ、私が知ってる悪魔はもっと全身黒光りしてるし、角もそんな角じゃない」

「悪魔はもっとどす黒い嫌な雰囲気を持っているものですが、それもありませんし」

「うん。パパの言ってる通りです」

うん、そうだよね。

それにしてもよかった。ハーレルさんに昨日聞かされたことは気のせいだったみたいだ。

「よかったですね、ハーレルさん。ただの勘違いだったみたいですよ」

「え？　クルト、どういうことだ？」

「実は昨日、ハーレルさんに質問されていたんです。息子のハイルさんの様子がおかしいって。反抗期というものではないだろうかって。区長という立場のせいで、仕事の相談はできても子育てというプライベートな相談はできないからって、同じ子供を持つ僕に相談してきたんです……でも、魔族のことを知らなくて悪魔だと勘違いしてただけみたいですね」

ハーレルさんが咳払《せきばら》いし、落ちている帽子を拾って被った。

たぶん恥ずかしいのだろう。

感情を表に出すのが苦手なところ、少しソルフレアさんに似ているな。

「そんなことを思っていたのですか」

「ああ。最近、ハイルの私を見る目が異常だったのでな」

「では、十数年前、この居住区を何度も訪れていた理由は？」

「居住区の結界は、周囲の邪素を吸収し、エネルギーに変えて維持している。しかし、その装置に異常が出て、邪素が結界のエネルギーに変換されなくなってしまった。そこで、私は当時の区長の頼みで、定期的に装置に魔力という名のエネルギーを注ぎに来ていたのだ。我々有角種の一族には結界を維持する装置と同様、周囲の邪素を吸収し、魔力に変換する力がある。もっとも、私の魔力程度では例の怪物の攻撃には耐えられず、この居住区を守ることができなかったがな。私が当時の区長を説得し、早めの避難を勧告することができれば、多くの住民を救うことができたかもしれないのに」

そう言って、ハーレルさんは頭を下げた。

「ミレ、済まない」

この中で唯一の被害者であるミレさんに対して。

「頭を上げて、ギルマス。私はあなたがいなかったら生きていなかったわ。ハイルさんほどじゃないけど、私もギルマスのことを父さんのように思って、感謝しているの」

「そうか」

ハーレルさんは一言で告げる。

嬉しくないのかな？

「恥ずかしいんですね。照れているようですよ」

素っ気ない態度に僕が首を傾げていると、アクリがハーレルさんの気持ちを代弁するように言った。

やっぱりアクリは読心術が使えるんじゃ……

すると、安心したようにユーリシアさんが言う。

「結局、情報屋の言っていたことは頭の角を見たことによる誤解だったってわけか」

「え？　ユーリシアさん、今なんて言いました？」

「情報屋の話は間違いだって」

「情報屋って、オクタールさんのことですか？」

僕が尋ねると、ハイルさんが頷く。

「そうだ。父が悪魔であることと、この居住区の結界を壊した張本人であること。さらには私たちの住む居住区の結界の破壊も目論《もくろ》んでいると語ったのは、そのオクタールだ」

それを聞いて、僕とミレさん、ハーレルさんが目を丸くした。

なぜなら昨日、僕たちが話し合っている時にそのオクタールさんが現れて、ハイルさんが居住区の結界の破壊を目論んでいると教えてきたからだ。

いくら反抗期だからってそれはやりすぎだろうと思っていたんだけど、ハーレルさんは最近のハイルさんの態度を見て、少し信じていたようだ。

それをハイルさんたちに伝えると、皆が険しい顔になる。

「オクタールめ、双方に嘘の情報を伝えていたのか？」

「どういうつもりなのか、直接本人に聞いてみる必要がありますね」

ハーレルさんとハイルさんがそう言い、装置のある部屋を出る。

僕たちもそれを追って、ハンターの皆さんがいる地上へと戻った。

そう言って僕たちは外に出て皆のいる場所に戻った。

「オクタール！　どういうことだ！」

「どういうことって……ありゃ、ばれちまったか。まったく、双方で潰し合ってくれたらあとで俺が楽できたっていうのによ」

そう言ってオクタールは天を仰いだ。

まるで悪魔のような笑みを浮かべて。

「ああ、全部嘘だよ。俺の話を半信半疑で聞きながらも疑念が消えず、そして出鱈目《でたらめ》な証拠を掴まされて、事実だと誤認したお前らの顔は笑えたぜ。しかし、まったく、バカな奴らだ。騙《だま》されたままどっちかが片方を殺してくれたら、半分は生きて帰そうと思ったのによ」

「どういうことだ。これだけの人数を相手に勝てると思ってるのか？」

「これだけの人数？　それはこいつらのことを言っているのか？」

オクタールがそう言うと同時に、突如として周囲からゾンビが現れた。

ずっと隠れていたのか。

突然現れたゾンビに、ハンターさんたちがざわつく。

「ああ、言い忘れてたな。このゾンビ、元々は人間なんだぜ？　ある薬を飲ませ、特殊な音波を聞かせることで肉が腐って、俺様の命令になんでも従うデク人形に早変わりだ。まぁ、女まで腐っちまうのはいささか勿体ないがな――」

「まさか、さっき皆に配った水の中に」

「ご明察！　《鑑定》でも毒物とバレない特別な呪いの薬だ。さて、もうおしゃべりはこのくらいにして――」

そうオクタールが言って、隠し持っていた笛《ふえ》のようなものを取り出す。

「奴を止めろ！」

「遅いっ！」

ハーレルさんが声を上げるが、オクタールが笛を吹いた。

「ぐっ」

突如としてハーレルさんが苦しみその場に膝をつく。

「おぉおぉ、さすがハーレルの旦那。魔族なだけはある。この薬の欠点は、魔力が多い人間には効果が薄いってことだな。あんたをゾンビに変えるのは無理だ。しかし、今やあんたを守っていた奴らは――」

オクタールは周囲を見回し絶句する。

なぜなら、ハーレルさん以外、誰も何の変化も起きないから。

「どういうことだ！　なんでお前らは無事なんだ！　なんでゾンビに変わらない⁉」

うーん、たぶんだけど……

「えっと、ハーレルさん以外全員食べた食事の魚や肉に防腐剤を使ったので、その影響かと思います」

「………………ボウフ……ザイ？」

僕の言葉に、オクタールは不思議そうにそう言ったあと、激昂《げきこう》して叫ぶ。

「ふざけるなっ！　防腐剤ごときで防げる呪いの薬があるわけないだろうがっ！　さては、貴様！　俺の計画に気付いて何か細工をしやがったな！　こうなったらゾンビどもの出番だ！　このゾンビ軍団は前にお前らを襲った使いっぱしりじゃねぇぞ」

「あのゾンビに襲わせたのはあんただったの！」

ミレさんが蔑《さげす》む視線をオクタールに向ける。

「そうだ！　あんたをここで殺して、ハーレルとハイルには、ミレが罠に嵌められて殺されたって嘘の情報を流して、ここの調査をさせるつもりだったからな。予定は変わったが問題ないさ」

オクタールはそう言ってゾンビたちを見る。

ハンターさんたちが各々武器を取り出す中、オクタールが叫んだ。

「ゾンビども！　ここにいる連中を血祭に――」

直後、ユーリシアさんを中心に周囲を眩い光が包み込む。

その光が消えた時、ゾンビの群れは全て消え失せていた。

「血祭に――なんだって？」

「バカな、俺のゾンビ軍団が全滅だとっ!?」

凄い！　何をしたのかはわからなかったけれど、ユーリシアさんが一撃でゾンビをやっつけた。

「くそっ！　ここで終わってたまるかっ！」

オクタールが急に走り出した。

狙いは――アクリだ。

「てめぇらっ！　動くな！　俺様に一歩でも近付いてみろ！　このガキの命がどうなってもいいのなら――なっ!?」

オクタールの手が空振りした。

直後、アクリが別の場所に現れた――ように見えただろう。

「アクリ、今のは転移か？」

「リーゼママの幻影です。私はずっとユーリママの後ろにいましたよ」

事件が起こってからずっとユーリシアさんの後ろに隠れていたらしいアクリが言う。

「私一人でもあのくらい対処できますけど。あの人、変な道具を使う割には、動きは大したことありませんから」

アクリの言う通り、オクタールの動きはユーリシアさんや他のハンターさんと違ってキレがないように思える。

戦い慣れていないのは明白だ。

「勝負ありましたわね」

「ああ、そうだな。さて、あとは奴の目的と、なんでハーレルが魔族だと知っていたかを聞かなきゃな。あとは、さっきのゾンビたちが元人間だって話だが、どうやって集めたのか。他にもいろいろと聞き出さないといけないな」

ユーリシアさんが雪華を鞘に納め、拳《こぶし》をポキポキと鳴らす。

「ああ、俺たちによくも変な薬を飲ませてくれたな」

「全員でボコボコにしてやるぞ！」

さっきまで事の成り行きを、なぜか無言で見守っていたハンターさんたちも騒ぎ出した。

今度こそ一件落着かと思った時、オクタールはまたも笛を取り出す。

「なんだ？　ゾンビにはならないぞ。それとも、今度は俺たちを悪魔にでも変えようっていうのか？」

「それとも音楽でも奏《かな》でて盛り上げてくれるのか？」

ハンターさんたちがそう言った時、僕は気付いた。

「その笛！　さっきの笛とは違います！」

その時には既に手遅れだった。

「ああ、盛り上げてやるよ！　こいつの力でな！」

オクタールが笛を吹いた時、突如としてそれは現れた。

この居住区を、この旧世界そのものを滅ぼした恐怖の象徴《しょうちょう》——

禁忌の怪物が。

◇◆◇◆◇

オクタールが金属製の笛を吹いた途端《とたん》に禁忌の怪物が現れたことで、周囲はパニックになった。

ここに来て禁忌の怪物の登場。

いったいオクタールの奴何をしたんだ⁉

私——ユーリシアがそう思った直後、禁忌の怪物を呼び出したと思われるオクタール本人が禁忌の怪物に踏み潰された。

自爆《じばく》――いや、それよりたちが悪い。

以前は飛空艇に蓄えた膨大《ぼうだい》な魔力と聖剣エクスカリバーの力で退けることができたが、それですら相手が片足のない状態でのハンデ戦だった。

しかし今回、禁忌の怪物は万全の状態だ。

「ぐあっ！」

ハンターたちがもがき苦しみ出す。

まだ何もした様子もないのに何が!?

「魔素が濃すぎるんです！　邪素吸着マスクの処理能力が追い付かなくなっています！」

クルトの悲痛な叫び――そうか、私たちはクルトが作った魔素を浄化させる魔道具のお陰で耐えられているが、それがないとダメってことか。

「地下に避難しろ！　あそこの換気システムなら邪素に耐えられる！」

脂汗《あぶらあせ》を流しているハーレルが叫んだ。

ハーレルも魔族だから濃すぎる魔素の中でもなんとか活動できるらしい。

そう思っていたら、魔物が現れ出した。

こんな時に厄介な。

「私が幻覚を生み出して魔物たちを翻弄《ほんろう》します。皆さんは避難を！」

リーゼがそう言うと、無数の仮面を被った人間が現れて魔物の周囲を走り回る。

ファントムをイメージしているんだろう。

一番操作に慣れているクルトじゃないのは、たとえ幻影であっても魔物の囮《おとり》にはできないってことか。

「まだ動ける奴は倒れてる奴を担いで移動しろ！」

私は指示を出す。

だが、大半の奴らが倒れてしまっている。

アクリには十人ほど集めて、先に転移で地下に移動してもらった。

リーゼは胡蝶で幻覚を生み出し、魔物の翻弄に手いっぱい。

魔物から守りながら残りの二十人を運ぶのは無理だぞ。

運べるとしたらクルトにあと四人くらい担いでもらって——

「って、クルト、どこに行くんだ！」

クルトが突然明後日の方向に走り出した。

「僕に考えがあります！　ユーリシアさんとリーゼさんは時間を稼いでください！」

「……わかったっ！」

「はい、わかりました！」

こういう時のクルトは信用できる。

私は時間稼ぎに専念させてもらう。

そう思った時、その時間稼ぎすら危うくなる出来事が起こった。

巨大な一つ目の巨人――サイクロプスが現れたのだ。

禁忌の怪物ほどではないが、それでも全長十メートルはあろうかという巨体。

私たちの世界では、Sランクの魔物――「炎の竜牙」が倒したというフェンリルにも匹敵する強敵だ。

しかもそれがなんと三匹も同時に現れた。

そのサイクロプスに対抗するため、リーゼが仮面を被った大きな戦士の幻影を生み出すが、サイクロプスが大きく吠《ほ》えると周囲の幻影が一気に霧散《むさん》した。

サイクロプスの咆哮には魔力を打ち消す効果があると聞いたことがある。

くそっ、時間を稼がなきゃいけないって時にこれは――

ここで私たちだけ地下施設に逃げ込んだとしても、あの巨体に襲われたら地下施設もろとも生き埋めになるぞ。

あいつらの弱点はあの大きな目だと聞いたことがあるが、私の剣ではそこまで届かない。リーゼの矢では威力不足だ。

クルトが残っていれば魔法銃を借りて一匹くらいは仕留めることが――

――パンッ！

まるで膨《ふく》らませた紙袋を割ったような音とともに、サイクロプスの顔がはじけ飛んだ。

何が起こったんだ？

振り返ると、私と同じく何が起こったのかわからないって顔で、ミレがボウガンを構えたまま固まっていた。

「ミレ？」

「………」

「おい、ミレっ！」

「はっ！　え？　何があったの？」

「何があったって、お前がやったんだろ！」

「わからないわよ！　え……えぇ、クルトから貰ったボウガンを使ったらなんか大きな魔物の頭が吹っ飛んじゃって」

またクルトか⁉

何がどうしたらボウガンでSランクの魔物の頭を一撃で吹き飛ばせるんだよ。

クルトだからとしか言いようがないか……えっと、たぶんボウガンについてる複数の魔法晶石の一つに、矢が命中した途端に爆発する仕組みが入って……るのか？

わからん。

「とりあえず、他のも倒してくれ」

「わ、わかったわ！」

ミレが次々にボウガンの矢を発射し、現れたサイクロプスを全て倒した。

「これなら怪物も倒せるんじゃない？」

調子に乗ったミレが、禁忌の怪物に矢を射かける。

禁忌の怪物の胴体に命中し、矢が爆発した。

「え⁉　無傷⁉」

「バカっ！　挑発《ちょうはつ》するな！」

幸い、禁忌の怪物はこちらに気付いてもいない。蚊《か》に刺された程度も思っていないようだ。

だいたい、その程度で倒せるのなら、この世界は滅んだりしていないだろう。

当時もクルトのような異能を持ったハスト村の住民がいたそうだからな。

だが、魔物の数はさっきより増えているぞ。

弱い魔物が多いが、シルバーゴーレムなどの刀で相手をするには厄介な魔物もいる。

クルトがいたら採掘で倒してくれるのに。

このままだと――

「ユーリさんっ！　あ、あれを！」

「リーゼ、今度はなんだ！」

振り返ると、そこにあったのはさっきまで確実になかったはずの巨木だった。

禁忌の怪物ほどではないが、それでもさっきのサイクロプスくらいの大きさだ。

あれは――

「お待たせしました」

その声とともに、ニーチェが木の根とともに現れ、周囲の魔物を押しのけるだけでなく、ハイルたち倒れている奴らを地下施設の近くまで運ぶ。

なるほど、クルトの狙いはこれか。

施設の入り口には既にクルトが待っていて、さらに地下へと運んでいく。

地下施設があるせいで、ニーチェの根はこれ以上先には進めないらしい。

リーゼ、ミレ、ハーレルとともに私たちも地下に降りた。

地下では、さっきはなかった巨大な布団が敷かれていて、動けなくなったハンターたちが寝かされていた。

それほど厚みはないのだが、なんか変な感じだ。

「クルト、なんなんだ、この布団は？」

「すみません、これ、布団じゃなくて、地面に落ちた時に衝撃を吸収するマットなんです。ワイバーンから落とされた時、こういうものがあったら便利だろうって思って工房に戻った時に作っておいたんです。今度ワイバーンから落とされても大丈夫なように」

ワイバーンから落とされることなんてそう何度もないと思うが、でも転ばぬ先の杖ってやつだな。

床で直接寝るよりはいいだろうということで、それを布団の代わりに使ったそうだ。

地下に降りたら、全員の邪素吸着マスクを外し、施設によって浄化された空気を吸わせる。

だが、全員目を覚ます気配がない。

「魔素が体内に満ちていますね」

「例の体内から魔素を取り出す腕輪、持ってきてないのか？」

「すみません。あれはこの世界に持ってきたらすぐに使い物にならなくなるので……」

かつて魔神王との戦いの時に用いた、体内の魔素を取り出す腕輪。

空《から》のダンジョンコアを使ったあれは、吸収力が強すぎて、体内の魔素の前に、空気中の魔素を容量いっぱいまで一瞬で吸収してしまう。魔素に満ちたこの世界では使えない。

だから、私たちは体内の魔素を吸い出せない代わりに、吸収率を調整したこのネックレスを付けているのだ。

「せめて邪素吸着マスクの魔素を取り除くくらいはしておきます」

クルトはそう言って、何か洗剤のようなものを取り出して、みんなのマスクを洗剤のようなものを使って洗い始めた。

「居住区に戻れば邪素を取り除く機械がある。あの怪物がいなくなれば」

「それまでもつのか？」

「この様子だともって半日ってところだ」

クルト特性の防腐剤入りのサンドイッチを食べて体調がマシになったハーレルが、同じく魔素によって苦しむハイルの頭を撫でて言う。

今から避難を始めても、禁忌の怪物が生み出す高濃度の魔素にあてられたらすぐに邪素吸着マスクが効果を失ってしまう。

「あの怪物は長くて一時間もすればいなくなる」

ハーレルはそう言うが、それから移動を開始しても間に合うかどうかだろう。

「デク……大丈夫でしょうか？」

クルトが居住区の外で待っているデクの心配をした。

縄で結んではいないので、魔物が近付いたら逃げるくらいはできるだろうが。

「あぁ、心配だな。デク自身もだが、あいつがいないとこれだけの人数運ぶのが骨だぞ」

そして、私はこっそりアクリに言う。

「転移を使ってクルトに魔素を吸い出す腕輪を持ってきてもらうってのはどうだ？　いや、いっそのこと、こいつら全員、ハスト村に転移したらいいんじゃないか？　あそこにいる人たちならなんとか治療してくれるだろ」

「ごめん、ユーリママ。禁忌の怪物のせいで周囲の魔力にも大きな影響が出てるから、地脈を使った転移ができなくなってるの」

私とアクリが話していると、リーゼが何かを思いついたように言う。

「クルト様。夕食に身体が温まるスープを作ってもらえますか？」

……こんな時に食事のことかよ。

まぁ、今は体力をつけた方がいいから、食事くらいしかすることはないよな。

特に旧世界は私たちの世界より気温が低いし、温かいスープが欲しくなるのもわかるよ。

できたスープを倒れているハンターたちに飲ませてやる。

さすがはクルトのスープだ。

こんな状態なら、普通食事を食べる力もないだろうに、スープの匂いを嗅ぐや否や、虫の息の状態でも口を開いてしっかりと飲み込む。

身体がこのスープを胃で消化することを心から望んでいるのだろう、誤嚥《ごえん》することもなかった。

そして、若干だが顔色がよくなる。

クルトは薬としての効果はないと言っていたが、それでも気休め以上の効果はあるな。

「………」

「どうしました、ユーリさん」

「いや、クルトが作った料理のことを薬だと認識している自分をどうかと思ってな」

「バカなこと言ってないで働いてください」

言われなくてもわかっているんだが、気持ちの整理が必要だったんだよ。

食事を終えたところで、私はハーレルが結界の維持装置を調べていることに気付いた。

「何してるんだ？」

「装置の確認だ」

「いや、だからなぜこんな時に」

「もしもの時のためだ」

もしもって、なんだよ。

「ごめんね、ユーリシアさん。ギルマスはいつも言葉足らずなの。でも、クルトはこの装置、故障はしていないって言ってましたよ？」

「そのようだな」

ハーレルは点検用の蓋を閉め、今度は別の場所を開ける。

何やら真剣な表情で調べている。

「おーい、クルト！　ちょっと来てくれ」

「はい！」

クルトが来た。

「ハーレル、クルトと交代だ。こっちの方が手っ取り早い」

私がそう言うが、ハーレルが顔を顰《しか》める。

「いや、これは――」

「いいから代われ」

私はそう言って無理やりクルトと交代させる。

そしてクルトを見て三秒。

「あぁ、ここ、魔力の回路が切れていますね。たぶん、一度結界に大きな負荷がかかった時に再起動失敗したんじゃないでしょうか？」

「なんだと？」

ハーレルが確かめる。

「確かにそうだ。これなら直せそうだ」

「クルトが一目で装置の仕組みを見抜いたこと、あんまり驚かないんだな？」

「これでも驚いているつもりだ。それより、この機会だから聞いておきたい。お前たちはこの世界の人間ではないのだな」

「そうだよ。まぁ、ここまで来て隠すことじゃないからな。でも、どうしてそう思った？」

「判断する要素があった」

だから、どこで気付いたんだって聞きたいんだよ。

詳しく聞くと、魔族への見識や、クルトがミレに作ったボウガンに使われている魔法晶石の存在もそうだが、一番の理由はクルトが持ってきた砂糖漬けの果物——そこに使われていたパパモモの実だった。

この世界には存在しない果物らしい。

葡萄は存在するがパパモモは見るのも名前を聞くのも初めてなのだとか。

私たちの世界だと割とメジャーで、世界中で食べられているからこの世界では存在しないなんて思いもしなかった。

「普通の人間は居住区の外のことはあまり知らないからな。気付かれていないだろう」

「あんたは居住区の外について知っているのか？」

「もう歳も三百を超えている。いろいろと見てきた」

三百歳には見えないな。

まぁ、魔族の年齢なんてもんは私たちとは違うからな。

「そちらこそ私の年齢を聞いても驚かないのだな」

「私の周りって、年齢とかそういうの詐称《さしょう》してる奴ばっかりだからな」

「そういえば、我々有角種――そちらでは魔族と呼ぶのか？　その知り合いが多いのだったな」

いや、魔族もそうなのだが、それ以外も凄いぞ？

第二席宮廷魔術師、八十歳のエルフのミシェル。

不老の薬を飲んで老帝とまで呼ばれるようになった千二百歳以上のヒルデガルド。

そして、大賢者としてさらにその何倍も生きているアクリと、自らを封印して人間の寿命の限界に挑戦しているバンダナ。

それぞれミミコが可愛く見えるくらいの年齢詐称っぷりだ。

「ミレも彼らが天上の世界の人間だと知っていたのか？」

「うん。クルトにあっちの世界に連れていってもらったの。とても空が綺麗だったわ。特に夜が綺麗なの。この世界の夜はただ暗いだけなんだけど、あっちの世界は星空っていうものが広がっていてね」

「そうか。それで、そちらの世界では魔族はどうしている？」

ハーレルがミレの話に頷き、そして私の方を見て再度尋ねた。

「長年人間との間で戦争が繰り広げられていた。ただ、この前ようやく和平が成立して、今は平和に暮らしているよ」

ハーレルはまた「そうか」と頷く。

その言葉にどういう感情が込められているのか、私にはわからない。

それでも、少し笑ったような気がした。

一時間が経過した。

そろそろ禁忌の怪物もいなくなっただろうか？

「う、うわぁぁぁっ!?」

意識を保っていたハンターの一人が驚き声を上げた。

木の根が壁の一部を突き破って出てきたのだ。

「ニーチェかっ！」

枝が何やら動いている。

「クルト、ペンと紙だ！」

「はい！」

クルトがペンと紙を持ってくると、木の根は器用に両方受け取り、紙を床に置いてこれまた器用に文字を書き始めた。

私の位置からは逆になっていて読みにくいが、伝えたいことはわかった。

禁忌の怪物はまだ地上に居座っている。

魔物も次から次に生み出され、その中でも特に異質な敵まで現れた。

《闇》――私たちがかつてそう呼んでいた、魔素の塊《かたまり》のような魔物だ。

それだけ魔素の濃度が上がっているということか。

ハーレルが怪訝《けげん》そうな顔で呟く。

「妙だ。そこまであの怪物が居座ることなんてこれまでなかったはずだ。本来であれば、現れてからしばらくすると姿を消していたのだが……」

「あの男の笛のせいでしょうか？」

「たぶんな」

クルトの質問に私は頷いた。

くそっ、唯一どういう笛だったのか知っているオクレールが死んでしまった今、いつになったらあの怪物が消えるのか確かめる術《すべ》がない。

「最後の手段を使う」

そう言って、ハーレルは結界を維持する装置のある部屋へと向かった。

私たちもついていこうとしたのだが、リーゼの声が聞こえた。

「クルト様！　こちらの方の容態が！」

「クルト、ミレ、そっちを頼む！」

私はそう言って、ハーレルを追いかけた。

ハーレルは結界を維持する装置の前に立っていた。

「あんた、何をするつもりだ」

「あの怪物がいつまでここにいるかわからない。このままではより大量の、そして強大な魔物が生まれるだろう」

あの闇の魔物のような強力なやつが大量に発生するとなると厳しいことになる。

私たちはシーン山脈で戦ったが、ミスリルの武器があったからこそどうにかなった。

しかし今はこちらの戦力が少ないし、かなり厄介だ。

「あいつを倒す手段があるのか？」

「結界を再度構築する。結界には本来、怪物の侵入を防ぐだけの力があった」

「でも、あいつは既に居住区の中に入ってるだろ？　……いや、結界が展開したら移動するかもしれないのか。そうしたらあの笛の効果も切れるかもな」

結界の張られる高さは、他の居住区のことを考えると、三十メートルくらい。それに対し、禁忌の怪物の全長は数百メートルもある。

結界の位置はせいぜい禁忌の怪物の脛《すね》のあたりだろう。

そこに異物が当たれば、移動を開始するかもしれない。

ミレのボウガン程度ではびくともしなかったが、禁忌の怪物の侵入を何千年も阻み続けた結界の力ならな。

「でも、結界の再構築ができるなんて、なんで今まで黙ってたんだ！」

「理由は二つある。結界を張ってしまえば、中にいる魔物が外に出ることができなくなる。それともう一つは、結界の再構築には膨大な魔力が必要になる。私がこの角に蓄えている魔力では全く足りない」

「じゃあどうするんだ？」

「私の命を魔力に換《か》える」

「なっ⁉　それって死ぬってことか？」

私が思わず声を上げると、ハーレルは黙って頷く。

「そうだ、魔力が必要なんだろ？　クルトの魔力はあんたが思っている以上に凄いんだ。あいつの魔力なら――」

「それはできない。本来なら、結界の再起動はできないはずだった。かつて居住区というものを生み出した者は天才だった。天才ゆえに、自分たちが作るものは誰にでも作れるものと勘違いし、結界の修復方法を考えなかったのだ。結界を作るには魔力の属性を全ての属性に一瞬にして変換し、六種の火、水、土、風、光、闇の魔力を注ぎ込まなければならない。しかも同一人物によってだ」

「六種の属性って」

おいおい、これを作った奴は何を考えてるんだ。

普通の人間が持っている属性なんて多くて三種類だぞ？

クルトや、クルトが学校で教えた生徒たちはその六属性だけでなく、他にも多数の上位属性を使えるようになっていたが、それでも一瞬にして六種の属性に切り替えるなんて無理だ。

「あんたにはそれが可能なのか？」

「ああ。この魔石――これは《エネルギー変換》のスキルが使える魔石だ。風の力を火に、火の力を重力になど様々な変換が可能となっている。この《エネルギー変換》のスキル適性がAランク以上の人間が使えば、属性を一度に六種に変えることができる。だが、クルトくんは魔力が多くても、この魔石は使いこなせんだろう。私がやるしかないのだ……命を魔力に変換し、私が助かるかどうかはわからないが」

ハーレルはさらに告げた。

「私には命を賭けても守りたい者がいる」

それがハイルのことなのか、ミレのことなのか、それともここにいる全ての者のことなのかはわからない。

だが、ハーレルの覚悟だけは伝わった。

しかしそんな時、鋭い声が聞こえてきた。

「待って、ギルマス！」

ミレが部屋の入り口に立っていたのだ。

「今の話聞かせてもらったけど、本当にクルトには無理なの？」

「無理だ。彼のスキル適性はGランクだった」

「でも、クルト。この部屋に入る時、なんか魔石に似たガラス玉を持って、一秒間に十種類のマリョクってのに変換して扉を開けてたの。属性を変えるっていうのはよくわからないけど、それって同じ理屈じゃないの？」

その話を聞いた私は、ふと気になることができてハーレルに尋ねる。

「……なぁ、ハーレルさん。スキル適性ってのはどうやって調べるんだ？」

「点検用の道具がある。それを使えば、FランクからSSランクまでの適性値がわかる。クルトくんはそれでも調べられないGランクだった。実際、鉄化のスキルを使っても、針の穴くらいしか皮膚を鉄に変えることができなかった」

「鉄化って、基本は戦闘用のスキルだよな？　主に防御とかそういう感じの」

「そうだ」

……なるほど、そういうことか。

「ちなみに、SSランクまで測定できるってことは、それより高い適性はGランクと同様、測定できないってことか？」

「理屈ではそうなる。そういうものはSSSランクと呼ばれているが、そのようなスキル適性、過去数百年一度も――」

「ははは」

私は思わず笑い声を上げていた。

そして不思議そうな表情のハーレルに説明してやる。

「あんたは知らないだろうがな、私たちの世界にも適性値ってのがあるんだ。偶然にもこっちの世界と同じ、GランクからSSSランクまで格付けされててな。クルトの適性値は戦闘については全てGランクのダメダメ。実際、短剣で戦おうとしたら自分の足を突き刺してしまうほどだ」

私がそう説明をすると、ミレが何かを思い出したように「あぁ、あの時も」と呟く。

だが――と私は続けた。

「でも、戦闘以外はSSSランク。あんたの言うところの数百年に一度の逸材《いつざい》なんだ。エネルギーの変換が戦闘スキルかそうでないのかはわからない。スキル全般が全部Gランクかもしれない。でも――」

私はこれから起こる未来を予想し、自信満々に告げた。

「命を賭けるより、クルトに賭けた方が私は成功率が高いと思うぞ」

ハーレルとミレには、クルトが自分の能力が異常だと気付いたら意識と記憶を失ってしまう少し変わった性質を持っていることを告げて、演技を頼んだ。

さて、まずはクルトが本当に戦闘以外のスキル適性がSSSランクあるかを確かめないといけないな。

「ユーリシアさん、呼びましたか？」

「ああ、クルト。ちょっとスキルを試してほしいんだ。《エネルギー変換》スキルってのがあってな。火を風に変換したり冷気に変換したりできるんだってさ」

「火を風や冷気に……火力を使って発電して、その電気でファンを回したり空気を膨張《ぼうちょう》させて冷気を生み出したりするってことですかね？」

「いや、そう難しいものじゃないと思うが……クルト、やってみないか？」

「え？　でも僕のスキル適性、Gランクでしたよ？」

「Gランクでも使えるスキルがあるかもしれないだろ？　クルトの戦闘適性はGランクでも短剣でワイバーンの足を突いたじゃないか」

私がそう言うと、ハーレルが助け舟を出す。

「ハンターギルドの長《おさ》として、ハンターの能力を正確に判断しておく必要がある。こんな時だが、私の業務への協力を頼む」

「わかりました。そういうことでしたら、僕も試してみたいです」

クルトは早速、腕輪に魔石を嵌める。

「待っていろ。確か遺物の中に、火を出す魔道具があったはずだ。室内だが、換気システムはしっかりしているから問題ないはずだ」

そう言って、ハーレルが魔道具を使って火を出し、クルトの鍋で湯を沸《わ》かした。

沸騰《ふっとう》した湯にスキルを使うことで、冷ますことができるそうだ。適性がAランクのハーレルがなら、沸騰した湯も十秒くらいで冷水に代わるらしい。

「クルト。そのスキルを使えば湯を水に戻す冷気が生まれるはずだ」

「頑張ってね」

ハーレルが説明し、ミレが応援する。

「はい、わかりました！」

クルトだったら一瞬で冷水に――

「あっ！　すみません、失敗してしまいました」

一瞬で氷になってた。

どれだけ冷気を生み出したんだよ。

これ、もはや戦闘に使えるんじゃないか？

いや、クルトのことだから戦闘に活かそうと思ったら失敗するんだろうけれど。

「これ、どうなんでしょうか？」

「………」

ただでさえ普段無表情のハーレルから、さらに表情が消えた。

「あの、ハーレルさん？」

「……Gランクだな。Gランクだが、少しは使える部類だ」

「本当ですかっ⁉」

「………あぁ」

ハーレル、悪い。

頑張って演技を続けてくれ。

ミレ、お前は顔をもっと隠せ。とりあえず口を閉じろ。

クルトは魔石を腕輪から取り出して言う。

「クルト。お前は魔力については他人より多いと聞いた。それだけ使えるのなら問題ないだろう」

「え？　なんですか？」

「この装置の再起動には、一秒間以内に水、火、風、土、光、闇の六種の属性に変換しながら魔力を流す行程を、魔力が満タンになるまで行う」

「はい、起動方法はわかりました。この装置に流せばいいんですか？」

クルトがそう言って、装置に手を当てた。

「ああ。さっきの《エネルギー変換》スキルを」

「魔力の充填《じゅうてん》終わりました」

「使って…………今、なんと言った？」

クルト、本当に今なんて言った？

「はい。魔力の充填が終わりました」

終わったたって、《エネルギー変換》のスキルを使う魔石をハーレルに返してたよな？

「なんだ？　クルトも《エネルギー変換》スキルの魔石を持っていたのか？」

「え？　一秒間に魔力を六種に換えながら魔力を流せばいいんですよね？　そんなのスキルがなくても普通にできますよね？」

「そんな………」

ハーレルが肩を震わせながら言う。

「そんな普通があるかっ！」

ハーレルの初絶叫《ぜっきょう》、いただきました。

……ってあれ？

この装置を作った人間のこと、ハーレルはこう言っていたよな？

『居住区というものを生み出した者は天才だった。天才ゆえに、自分たちが作るものは誰にでも作れるものと勘違いし、結界の修復方法を考えなかったのだ』

……天才だけど天才だという自覚がなく、勘違いしてとんでもない施設を作り出した？

そういえば、アクリも居住区の仕組みについては誰が作ったのか知らなかったんだよな。

「ってことは、ハスト村の奴らが作ったのかよっ！」

考えてみれば、ハスト村の奴らが全員、私たちの世界に移住したとは限らない。

この世界に残ったハスト村の住人がいても不思議じゃない。

その証拠に、居住区の結界ってクルトが作った冒険者ランドの結界と同じじゃないか。

だいたい、魔素をエネルギーに変換して禁忌の怪物すら撥《は》ねのける結界を生み出して、それを何千年も維持させる設備なんていうとんでもないもの、ハスト村の住民以外に作れるわけないじゃないか。

気付けよ、私！

「では、結界を起動するぞ」

ハーレルが装置のスイッチを入れる。

これで結界が――

ってあれ？　何も起こらない？

「僕が流した魔力は装置の起動のためのものです。結界を展開するには、周囲の魔素を結界に変換するのに時間がかかるので、少し時間がかかりますね」

不思議に思っていると、クルトがそう説明してくれた。

なんだ、失敗したわけじゃなかったのか。

安心した直後だった。

「クルト様、大変です！　ハンターさんたちの容態がさらに悪化して――！」

「えっ⁉」

◇◆◇◆◇

僕、クルトが戻った時にはリーゼさんの言う通り、皆さんの病状はかなり進行していた。

このままだと命が危うい。

「急いで居住区に運ばないと」

「待て、クルト！　外は魔素に溢れている。魔物はなんとかなるにしても、魔素が濃すぎる場所だと、邪素吸着マスクもすぐに効果がなくなるだろ」

「でも、結界が起動するまで待っていられません！」

どうしたらいいんだ？

転移魔法も使えない。

僕が一度に担いでいけるのも多くて十人が限度――ううん、全力で走るとなると、それすら多すぎる。

リーゼさんの身体強化《パワーアップ》の魔法と、さらに筋力強化の薬を使っても全員は無理だろう。

僕にもっと力があれば――

「私に考えがあります。外に出ますので、ユーリさんとミレさんは一緒に出て、時間を稼いでください」

僕が悩んでいると、リーゼさんがそう口を開いた。

リーゼさんの作戦？

「クルト様、前に仰いましたよね。四方八方が敵に囲まれている時は？」

ヴァルハが魔物の群れに囲まれている時、ヴァルハの遺跡に行こうとした時に僕がリーゼさんにかけた言葉だ。

その答えは――

「――九方目がある」

あの時は地下を通っていった。

でも、地下を掘って進むには時間が少し足りない。

そういうことか！

「僕も行きます！」

「いや、しかし――」

「リーゼさんの作戦、なんとなくわかりました！　だったら僕も役立てると思うんです」

怖い。

けれど、ここで逃げることはできない。

ユーリシアさんに、絶対に無茶をしないという条件で、外に出るのを認めてもらえた。

ユーリシアさんを先頭に、ミレさんとハーレルさんが続き、僕とリーゼさんがあとに続く。

外にはあり得ない数の魔物が溢れていた。

それに、見たことのない黒い魔物も大量にいる。

あれ、たぶんシーン山脈に現れたという「闇」と呼ばれていた魔物だ。

怖い。

それに、ニーチェさんの根っこが相変わらず魔物を倒してくれているのだが、さっきから動きが優れない。

「ニーチェ、どうした！」

「すみません、木の方にも魔物が押し寄せてきて、こちらだけに集中できない状況なんです」

声だけが聞こえてくる。

ここに生えている根っこはあくまで根っこであり、元は木から操っている。

魔物が周囲に散らばった魔物の一部が植物を好んで食べる魔物だとするのなら、ニーチェさんも自分の身を守るので手いっぱいだろう。

僕は周囲の魔物を確認する。

「――いたっ！」

そして目的のものを見つけた。

「あれは……そういうことですかっ！　では、クルト様！　そこまでの道は私が切り開きます！」

リーゼさんも僕と同じものを見つけると胡蝶を掲げ、それと同時に、炎の道が出来上がった。

胡蝶による幻影の炎。

あくまで偽物なのだが、感じるその温度は本物で、魔物も近付こうとしない。

僕は頷き、目標に向かって一直線に走った。

しかしもうすぐ届くというところで、炎を抜けて闇の魔物が現れる。

危ないと思った瞬間、その闇の頭が吹っ飛んだ。

「ミレさん！」

「この矢、その魔物にも効果があるみたいね。援護は任せて！」

そう言ってミレさんは矢を連射して、次々に魔物を倒していく。

僕が目的地に辿り着くと、それは僕に殴《なぐ》りかかってくるが――

「採掘なら怖くないよ！」

僕はそう言って、右手の短剣でそれの――体長五メートルはあろうかというシルバーゴーレムの腕を切り落とす。

そして左手に持った空《から》のダンジョンコアを通じてゴーレムのコアに魔力を流し、ゴーレムの情報を書き換える。

「これでこのシルバーゴーレムは仲間です！」

僕はシルバーゴーレムの切り落とした腕を再度はめ込んで言う。

「これで戦力が増えるわね！」

ミレさんが言ったが、僕は否定した。

「ダメです。ゴーレムなんてゴブリンより弱いんですから戦力になりません」

「え？　ゴブリンより弱いって、クルト、何を言ってるの？」

「そのままの意味です」

ミレさんはゴーレムを見るのは初めてなのかな？

そういえば、ゴーレムの情報を書き換えることについても知らなかったみたいだし。

ゴーレムなんて、ただ大きいだけで戦闘になったら動作不良を起こしたりこけたり全然役に立たない。せいぜい壁役になるくらいしか使い道がないのだ。

でも、今回はその壁役が必要だった。

敵の攻撃を防ぐ壁ではない。

ただ、高さを確保するための壁として。

僕はシルバーゴーレムとともに地下入り口近くに戻ると、マジックバッグから取り出した落下傘を広げ、シルバーゴーレムの手のひらに載せる。もちろん、ワイバーンに切り裂かれた部分は補修済みだ。

「そういうことですか！　ニーチェさん！　アクリ！　シルバーゴーレムの手のひらの上に要救護者を全員！　早く！」

「「はい！」」

アクリの転移により十人が、さらにニーチェさんの根が地下に伸びて、残りのハンターさんを連れてくる。

そしてシルバーゴーレムの手のひらに広げた落下傘の上に彼らを乗せた。体重が重い人を下に、軽い人を上に載せ、さらに下になる人たちには《身体強化》の魔法もかけている。圧死することはないだろう。

シルバーゴーレムはその両腕を高く上げる。

「それで、これからどうするんだ⁉」

雪華で魔物たちをいなしながら、ユーリシアさんが叫ぶように尋ねた。

「運ばせるのですよ」

「シルバーゴーレムにか？」

「いいえ、アレにです！」

リーゼさんが空を指差す。

そこにいたのはワイバーンだ。

リーゼさんはかなり前から、この作戦を思いついていたに違いない。

地下で僕にスープを作るように言ったのは、なにもお腹が空いたからではない。地下でできるだけスープの匂いを溜めて、扉を開いた時にその匂いでワイバーンを呼ぶためだったのだろう。

『行きなさい！　ワイバーン！　あのゴーレムの手の上にいる人を運ぶのです！』

リーゼさんはワイバーンの眼前に幻を生み出して命令する。

しかし、ワイバーンは旋回すると逃げる動きを始めた。

『何をしているんですかっ！　私の命令に従いなさい！』

「あいつ臆病だからな。禁忌の怪物や魔物たちの中に入るなんてできないだろ」

呆れたようにユーリシアさんが言う。

そういえば、ゾンビに襲われた時も、ゾンビたちがいなくなって安全が確保されるまで降りてこなかった。

魔物や禁忌の怪物が暴れ回るこの世界で、ドラゴンよりも弱いワイバーンが生き延びてきたのは、その臆病さがあったからこそなのだろう。

でもこのままだと、ハンターさんたちを運ぶ手段が――

「ってあれ？」

ワイバーンが反転してこちらに向かってきた。

リーゼさんとの主従の絆《きずな》が臆病さを打ち消したのだろうか？

いや、よく見ると、ワイバーンの背中に誰かが乗っている。

あれは――

「ユーリシアさん！　私が助けに参りました！」

「アイナっ!?」

ユーリシアさんがその声に反応する。

邪素吸着マスクを着けているせいで顔は半分見えないが、髪と声でわかる。

ワイバーンの上に乗っていたのは、第二百五十七居住区の区長さんの娘、アイナさんだった。

どうやら、ワイバーンはアイナさんに脅されてこっちにやってきたようだ。

「なんであいつがいるかわからないが、戦力だ。クルト、お前この場でミスリルの槍を作ってくれ！　あいつの鉄の槍だとこの場では荷が重い」

「はい！　わかりました！」

僕はシルバーゴーレムの足下で、マジックバッグの中から鍛冶《かじ》道具一式を取り出して槍作りを始める。

ワイバーンがシルバーゴーレムの上に降りてきて、アイナさんが僕たちの前に降り立った。

「ユーリシアさんがワイバーン狩りから帰ってこないので、心配になってワイバーンの棲む山に向かったらワイバーンさんと意気投合しまして――そうしたらリーゼさんに呼ばれる合図がしたと仰ったので、一緒に乗せてきてもらったのです」

「お前、ワイバーンの言葉がわかるのか？」

「真の武人は言葉を使わなくても槍先で理解し合えるものです」

アイナさんがそう言うが、ワイバーンが首を横に振っている。

本当は単純に脅されて従っているだけだろう。

そんなワイバーンに、リーゼさんが言う。

「ワイバーンさん、その人たちを布ごと持って居住区に向かってください！　え？　重すぎる？　そんなの根性でなんとかしなさい！　命令です」

ワイバーンはとても嫌そうな顔をしたが、リーゼさんに逆らえないのか布についた紐の部分を結ばれ、しぶしぶ飛び上がった。

すかさず、空を飛べる鳥型の魔物と虫型の魔物が一匹ずつ、ワイバーンに襲いかかる。

ワイバーンは大勢の人を持っているせいで高度が上がらず速度も出ない。

危ない――と思った瞬間、二本の矢が魔物たちに刺さった。

虫の魔物は落下していき、鳥の魔物は頭が爆《は》ぜている。

「リーゼさん、ナイス！　よくそんな弓で命中させられますね」

「まぁ、悪い虫を射抜く練習はしていますから。ミレさんこそ凄い威力ですわね。私もクルト様にボウガンを作ってもらわないといけないですわね」

弓矢とボウガン、それぞれを構えたリーゼさんとミレさんがお互いを称え合った。

ワイバーンがその隙をついて全力で飛び去っていく。

「任せたぞ……息子と皆を頼む」

ハーレルさんが祈《いの》るように呟く。

ワイバーンが居住区から完全に離れたちょうどその時、タイミングがいいことに、結界が作動した。

居住区を囲む居住区の入り口部分を除く城壁——その地中部分から半透明《はんとうめい》の結界が現れて、ドーム状に覆っていく。

結界は魔素、もしくは魔素から生まれた存在だけを弾くため、そこに瓦礫があっても壁があっても関係ないようだ。

ちょうど結界のところに飛んでいる魔物がいたが、結界に触れた途端、はじけ飛んでいた。

凄い威力だな。

城門部分だけ結界がないのは、狩った魔物の肉を運ぶ時に結界に触れてしまったら、そのお肉まで弾かれてしまうからだろう。

そして、その結界は禁忌の怪物にも触れ——

その両脚を切断した。

「「は？」」

みんなが少し間の抜けた声を上げた。

結界に両脚を切断された禁忌の怪物はバランスを崩し倒れ、その上半身は背中を焦がしながら結界を滑り落ちていく。

そして、両脚を失いながらも、禁忌の怪物はその両腕だけで移動を開始し、何事もなかったかのように姿を消した。

「おい、ハーレル！　結界の威力が強すぎるだろ！」

「知らない。結界の魔力は本来ここまでの威力にはならない！」

「本来と違うことがあるとすれば、結界の初期起動に使った魔力ですわね」

「それってやっぱり――」

なぜか四人ともが僕の方を見る。

唯一アイナさんだけが「……？」と不思議そうな顔をしていた。

え？　僕言われた通りに魔力を流しただけなんだけど。

「でも、これであとは魔物を倒すだけですわね」

「いいや、残った脚の方が厄介だぞ。パオス島には禁忌の怪物――私たちの間だとラクガ・キンキなんて呼ばれていたそいつの足だけが封印されていたんだ。封印してもその禍々《まがまが》しさは消えないくらいに。そのままでいたら、永遠に魔物を生み出す装置になりかねないぞ」

「食肉となる弱い魔物なら大歓迎なんだけど、あそこから溢れる黒い変なのは食べられそうにないわね」

リーゼさん、ユーリシアさん、ミレさんがそう言う。

血の代わりに溢れる《闇》。

ここであいつをどうにかしないと。

「一度避難するのはどうでしょう？」

リーゼさんがそう言うのも無理はないほど、魔物の数は多い。

でも、ユーリシアさんたちはここで引くつもりはないようだ。

「時間がかかるほど、あいつから溢れる魔物の数が増える。結界のない部分から出ていったり、万が一結界が壊れでもしたら、近くの居住区全体が危ない。あれはそういう化け物だ」

雪華で襲いかかってくる魔物を切り裂きながら言うユーリシアさん。

「ここで一気に叩く！」

ユーリシアさんの言葉に、ハーレルさん、アイナさん、ミレさんが続く。

「私も引くわけにはいかないな」

「ええ、私も久々の実戦、ワクワクいたします！」

「私たちの世界を守るためだもんね」

みんな覚悟を決めた。

そして、リーゼさんも頷いた。

「仕方ありませんわね。こういうのは私の役目ではないのですけど、できるところまで付き合います」

そして、僕の覚悟も既に決まっている。

「勝ちましょう」

僕が何をできるかはわからないけれど、結構な数がいるゴーレムを捕まえて、それを操って壁役にすることはできるかもしれない。

「盛り上がっているところ申し訳ありませんが、結界が張られたことで地脈からのエネルギーが得られなくなったので、力が出なくなりました。しばらく私は自分の身を守ることに専念いたします。皆さん、どうかご武運を」

ニーチェさんがそう言った途端、周囲で僕たちを守ってくれていた根っこが地面の中に引っ込んでいく。

「クルト、シルバーゴーレムに地下への入り口を守らせろ！　アクリを守れ！」

「はい！」

僕はミスリルを叩きながらシルバーゴーレムを操り、入り口を覆うように待機させた。

全員が動いた。

「《身体強化《パワーアップ》》！」

リーゼさんの魔法が前衛で戦うユーリシアさんとハーレルさん、アイナさんにかけられた。

「なんですか、この光は！」

「リーゼのスキルのようなものだよ。力が上がってるだろ」

「え？　でもユーリシアさん、スキルって他の人の強化には使えないはず……」

「力が増した気がする。なるほど、噂に聞くいいスキルだ」

ハーレルさんがリーゼさんの魔法を誤魔化《ごまか》すように言った。

アイナさんは考える素振《そぶ》りを見せたが、魔物たちがその時間を与えてくれない。

「はっ！　スキル《炎の槍》」

アイナさんの鉄の槍が、迫ってきたゴブリンを三体同時に突いた。

すると、ゴブリン三匹は一瞬にして炎に包まれる。

凄い、これが攻撃用のスキルなんだ。

そう感心していたら、今度は闇が襲いかかる。

アイナさんはさらにスキルを使って闇を突くが――

「なんですか、これはっ⁉」

槍が闇に侵食されていく。

「アイナ、手を離せ！　闇に呑み込まれるぞ！」

「くっ！」

アイナさんが槍を離して後退する。

これで彼女は武器を失ったけど……でも間に合った！

「アイナさん、今完成しました！　新しい槍です！」

「これは――なんて美しい槍でしょうか。これならあの黒いのを倒せるんですね！」

「はい！」

「では――」

アイナさんが闇へと突撃していく。

闇はミスリルの槍の前に霧散していった。

「アハハ！　アハハハハハハ！　なんで爽快な気分でしょうか！　素晴らしい！　素晴らしいです！

もう私を止められるものは誰もいません！」

アイナさん、ちょっと暴走してないかな？

「アイナ、あんまり突っ込むなっ！」

「ユーリシアさんも一緒に舞いましょう！」

「こっちはそんな気分じゃないよ！」

そう言いつつも、ユーリシアさんの勢いも凄い。

ミレさんはボウガンで大型の魔物を倒していき、リーゼさんも胡蝶で幻影を生み出して周囲を翻弄しつつ、弓矢で小型の魔物を射抜いていく。

僕だけ何もできていない気がするが、できることだけでも精一杯しないと。

七体目のゴーレムを作り替えながら、茨《いばら》でできた虎《とら》のような形の動く植物の伐採《ばっさい》をし、誰かが棘《とげ》を踏んで怪我しないようにゴーレムに片付けさせる。

ユーリシアさんとアイナさんが背中を合わせて、お互いを励《はげ》まし合っているようだ。

「(ユーリシアさん。クルトくんって戦えないんじゃなかったのですか？　さっきからのゴーレムやイバラタイガーを倒す手際、是非手合わせ願いたいのですが)」

「(特別な事情があるんだよ。それより目の前の敵に集中しろ)」

そして、二人はまた離れて戦う。

ハーレルさんは剣だけでなく魔法も使っていた。

その威力はソルフレアさんほどではないけれど、かなりのものだ。

魔物の数がドンドン減っていく。

しかし次から次に魔物が生み出され、ユーリシアさんたちは禁忌の魔物の足まで近付けない。そもそも近付けたところで、剣で切れるかどうか。

隙を見てミレさんがボウガンの矢を撃ち込むが、効果はない。

「あんなのどうするの!?　近付けないし私の矢でも効果がないうえに、また魔物を生み出してるわ！」

ミレさんの言う通り、禁忌の怪物の脚から魔物が生み出され続けている。

「クルト、魔法銃は！」

「すみません、前にここで持っていたの使ったら壊れちゃって、ミミコさんに預けてきました」

そもそも、僕の魔法銃の威力ではあんなの倒せっこないけど。

でも、何か手がないか。

確実に禁忌の怪物の脚を潰す何かが――

僕は周囲を見るが、瓦礫の山に使えそうなものは見つからない。

あと、ここにあるものと言えば――

「……あ、そうだ。あれがあるんだ」

見つけた！

この現状を打破するものが僕の眼前に広がっていた。

「ユーリシアさん！　僕がゴーレムで道を作ります！　そこを走ってください」

僕はそう言ってゴーレムたちを合体させて階段を生み出す。

「そうか、これで近付いてって、クルト！　なんでそんな高い場所に――」

「ユーリシアさん！　あの結界は魔法でできています。だから――」

「そういうことかっ！」

ユーリシアさんは僕が言わんとすることを理解し、最後まで説明を聞かずにゴーレムの階段を駆け上がっていく。

そして、結界を切り裂く。

「吸魔剣《ドレインソード》！」

ユーリシアさんの愛刀――雪華に結界の魔力が宿った。

そしてそのままユーリシアさんは跳んだ。

禁忌の怪物の脚を、結界の魔力が宿った刀が切り裂く。

刃からは光が伸び、両足をまとめて両断していった。

禁忌の怪物は倒せそうだけど……ダメだ！　切れ味が良すぎて引っかかりがない。

このままだとユーリシアさんが地面に激突する。

ユーリシアさんの表情が強張《こわば》っているのが見えた。

やっぱり禁忌の怪物の脚を斬りながら減速する算段だったんだ。

――このままじゃ……

「大丈夫ですっ！」

アクリの声が聞こえた。

刹那《せつな》、ユーリシアさんの落下地点に、僕が作った落下衝撃吸収用のマットがアクリとともに転移してきた。

「ワイバーンに乗っている時、ユーリママが落ちたら私が助けるって言いましたよね」

「ああ、助かったよ、アクリ。お前はやっぱり最高の娘だ！」

そして、真っ二つにされた禁忌の怪物の脚は崩壊し、汚染された魔素の塊となって地面に落ちた。

ユーリシアさんは着地するなりアクリを持ち上げ、周囲に生まれ落ちた魔物たちを切り抜けてこちらに戻ってくる。

よかった、本当に危なかった。

僕は力が抜けてその場に尻もちをつくように倒れた。

「さすがユーリシアさん！」

「終わったわね」

「魔物の残党もいるが、あとはなんとかなるだろう」

アイナさんがユーリシアさんを褒めたたえ、ミレさん、ハーレルさんも安堵の息を吐く。

リーゼさんが優しい笑みを浮かべて僕に手を差し出し、僕はその手を握って立ち上がる。

「クルト様、お疲れ様でした」

「まだ終わってませんが――リーゼさんもお疲れ様でした」

そしてアクリを抱えて戻ってきたユーリシアさんが、無言で手を前に出した。

僕は頷き、ユーリシアさんとハイタッチした。

あとはニーチェさん、大丈夫かな？

心配して木のあった方を見ようとして――

――ゾクっ！


背中に悪寒が走った。

僕だけでなく、その場にいた全員がそれを感じたらしい。

気配は、禁忌の怪物の脚があった場所から。

「なんだ、あれ――」

瘴気《しょうき》の中から、巨大な赤いトカゲが現れたのだ。

その尻尾は赤い炎を纏っている。

あの姿、まるで伝説の――

「あれは大精霊サラマンダーの複製品みたいなものですね」

そう言ったのはアクリだった。

彼女もまた大精霊だから、直感で理解できるのかもしれない。

「サラマンダー!?　火の大精霊か。魔素から精霊まで生み出されたのか？」

「いいえ、原理は私やニーチェと同じ。周囲の微精霊を集めて生み出した人工大精霊です」

人工大精霊。

禁忌の怪物の脚が、死ぬ間際にそれを作り出したってことかな？

でも、大精霊なら敵ってわけじゃ――

そう思った途端、禁忌の怪物の脚だった魔素の塊がサラマンダーを呑み込んだ。

そして、サラマンダーの身体が黒く染まる。

尻尾に灯《とも》っていた炎は黒くなっていた。

『GYUAAAAAAA』

サラマンダーが吠えた途端、無数の黒い炎が現れて周囲を無差別に襲った。

そのうちの一つが、リーゼさんのいる場所に襲いかかる。

「シールド！」

リーゼさんが魔法障壁《まほうしょうへき》を生み出して防ごうとする。

しかし、その強大な威力を防ぎきることができず、リーゼさんは魔法障壁ごと、後方の瓦礫の山に吹き飛ばされた。

「リーゼさんっ！」

「くっ、大丈夫です。咄嗟に、後ろの瓦礫にぶつかりそうな場所を鉄に変えていなかったら意識を失っていたかもしれませんが」

そう言っているリーゼさんの頭から血が流れている。

そうか、スキルの魔石を持っていたから鉄化できたのか。

でもリーゼさんのスキル適性では、防ぎきることはできなかった。

「もういっそのこと、ここに閉じ込めて逃げるか」

「待ってください、ユーリシアさん。あの結界を見てください」

アイナさんが結界を指差す。

黒い炎が激突した場所の結界に穴が空いていたのだ。

しばらくして修復されていくが、結界に穴を開けられるということは、ここに閉じ込められないということだ。

そこで僕は気付いた。

「あの結界は魔素の力を防ぐことはできても、精霊の力を防ぐことができないんです。きっと、結界の力で二回もダメージを負った禁忌の怪物が、魔素へと還《かえ》る間際にその対抗手段を生み出したんですよ」

「魔素により闇に染まったサラマンダー――ダークサラマンダーですわね」

あんなものに居住区が襲われたら大変だ。

結界に守られた居住区で生活しているこの世界の人たちにとって、その結界が破られた時の戦い方はわからないだろう。

「ってことは、さっきみたいに結界の魔力で倒すのは無理か」

「そうですわね。闇に染まった炎というのですから、光や氷の力が有効だと思うのですが」

「炎の化け物ってことは、私の《炎の槍》は効果がありませんね。最後の手段として炎のエネルギーを槍の中に溜めていたのですが」

アイナさんが残念そうに言った。

うん、炎の大精霊に炎で攻撃をしても、餌をあげるのと同じことになりそうだ。

そう思ったのだが——

「「「それだ！」」」

ユーリシアさんとミレさんとハーレルさんが同時に声を上げた。

ハーレルさん、最初は無口な人だと思ったけど、大きい声で叫ぶこともできるんだ。

……ところで、それってどれ？


「ええと、ユーリシアさん？　本当に大丈夫なのでしょうか？　さすがに通じないと思うのですが」

「信じろ、アイナ。お前はただ、溜め込んだエネルギーをあのダークサラマンダーに向かって使えばいいんだ」

「そうは言っても、さっきの炎の威力を見ると、私の槍の力でも——」

「いいから黙ってやれ」

アイナが困惑しながら、ユーリシアさんにそう命じられて覚悟を促される。

「はい、準備できました。アイナさん、この槍をお願いします」

「……わかりました。やってみせますよ！　失敗しても責任取りませんからね！」

アイナさんが困惑しながらも槍を構えた。

いざスキルを使うとなったら真剣な表情に変わる。

そして――

「スキル《炎の槍》！」

アイナさんは、スキルで槍の中に溜めていたエネルギーを解き放つ。

僕の《エネルギー変換》スキルによって、冷気へと変わったそのエネルギーを。

そう、槍から放たれる前の炎のエネルギーを僕のスキルで変換することで、氷を放出させることができたのだ。

槍の先から放たれた氷を見たダークサラマンダーは黒い炎を生み出す。

しかし、アイナさんによって放射された冷気はその炎すらも凍《こお》り付かせ、ダークサラマンダーの本体まで一瞬にして凍らせた。

しかもそれだけにとどまらず、その周囲に残っていた魔物までも凍らせていく。

そして、次の瞬間にはその氷が一斉に砕け、さっきダークサラマンダーによって開けられた結界の穴から外に向かって風に流されて飛んでいった。

「凄いですね、アイナさんのスキル！」

「いや、凄いのはクルトさんのスキルじゃ……」

「え？　僕のスキルなんてGランクの大したことのないスキルですよ？　ねぇ、皆さん？」

「「「「うん、普通のスキル」」」」

みんなが口を揃えてそう言った。

アイナさんだけが「えぇぇぇぇ!?」と困惑していた。

するとミレさんが突然、黄金色に染まる空を指差して大声を上げた。

「みんな！　あれ！」

「また何か来たのっ!?」

僕たちは警戒して頭上を見上げる。

でも、そこには敵の影はなかった。

その代わり、空を纏う霧の向こうに小さな裂け目ができていた。

そしてその裂け目の向こうに、あるものが光る。

「やっぱりあったんだ。この世界にも」

ミレさんは感動し、涙を流していた。

「……なんですか？　あの光る粒は？」

アイナさんが不思議そうに尋ねた。

「アイナさん、あれは一番星よ。この世界の一番星」

ミレさんが涙を流しながら、そうポツリと言う。

そう、その裂け目の向こうに、星が一つ輝いていたのだ。

「イチバンボシ？」

「そう。この世界も美しいんだって私に教えてくれる象徴」

ミレさんは言った。

そうか、別の次元であっても、やっぱりこの世界にもこの世界の天体は存在するんだ。

「でも、なんで急に見えるようになったんだろ？」

「脚だけとはいえ、禁忌の怪物が倒れた影響だと思います。でも、無数に存在するうちの一体、それも脚だけだからすぐに――あ、見えなくなってしまいました」

空を覆う闇や霧は、禁忌の怪物の集合体みたいなもの。

その一部が削れたことで霧や闇が薄くなったのか。

完全には晴れなかったが、いずれはこの世界も星が見れるようになるのだろうか。

それから僕たちは、わずかに残っていた周囲の魔物を倒し、オクタールの死体を探す。

死体そのものは見つからなかったが、持っていた装備品などの一部が見つかった。

現れた魔物に骨まで食べられたのだろうとユーリシアさんは言った。

結局、彼の目的がなんだったのかわからないままだな。

ニーチェさんのところに行くと、周囲には魔物たちの山ができていた。

「ニーチェさん、大丈夫ですか」

「う……うぅ……少々力を使いすぎて小さくなってしまいました」

小さくなったニーチェさんがうつぶせになって言う。

「クルト様、申し訳ありませんが、本体のドリアードからエネルギーを分けていただきたいので、この木を居住区の外に植え替えてもらえませんか？」

「は、はい！　わかりました！」

どちらにせよ、転移のためには結界の外に植え替えないといけないからね。

その前に、ダークサラマンダーの近くに溜まっていた瘴気の溢れている魔素はとりあえず綺麗に掃除しなきゃ。あと、魔物の死体などもそのままにしておくと腐って、周辺の環境を汚染しかねないということで持ち帰る分だけマジックバッグに保存して、残りは燃やして地面に埋めた。

それらが終わってから、リーゼさんに身体強化《パワーアップ》の魔法をかけてもらい、ニーチェさんの木を掘り返して持ち上げる。

「うっ、少し重い」

「女性に対して重いとは失礼かと思います」

ニーチェさんが小さな身体をなんとか起き上がらせて言う。

「ごめんなさい」

デリカシーのないことを言ってしまったと僕は謝罪し、黙って居住区の外へと運ぶ。

「（ねぇ、ユーリシアさん。あの木って何トンあるんですか？）」

「（アイナ、全部気にするな。気にしたら負けだ）」

そして、居住区の外に出ると、そこにはデクが待っていた。

「デク⁉　ごめん、忘れてたよ。大丈夫だった？」

魔物には遭遇しなかったみたいだけど、お腹が空いたのだろう、僕に擦り寄ってきた。

一応待っている間の食事は置いてきたんだけど、全部食べてしまったらしい。

そして僕が横にして運んでいたニーチェさんの木の葉っぱを食べた。

「食べないでください。私は餌ではありません、デクさん！　普段は構いませんが今は――力が弱っている今はダメです！」

ニーチェさんが力を失ってまたも倒れ込む。

ユーリシアさんとアイナさんがデクを引き離し、その隙に僕はニーチェさんの木を居住区の外に植え替えた。

転移については、地脈を再度繋げるのと、体力を回復させることに専念するのに時間が必要なので、丸一日転移は使えないらしい。

今日はここで野宿をしようかとも思ったが、ハーレルさんが第五百三十六居住区に戻ったハンターたちとハイルさんを心配していたので、馬車を走らせて居住区に戻ることにした。

居住区の前では、ワイバーンがワイルドボアの頭を食べていた。

よかった、無事に辿り着いたみたいだ。

あのワイルドボアの頭は皆をここまで運んだご褒美《ほうび》だろうか？

そして、ワイバーンに目がいって気付かなかったが、門のすぐ向こう、居住区の中に衛兵とは別の一つの人影があった。

「ハイル」

ハーレルさんが小さな声で言った。

馬車が居住区の中に入る。

ハーレルさんがいるので、ほとんどフリーパス状態だ。

「ハイル、無事だったか。ハンターたちの様子は？」

「全員の邪素は抜き取りました。全員無事です。経過観察のため、皆ハンターギルド内で待機しております」

「妥当《だとう》な判断だ。だが、それならなぜお前はここにいる？　お前にも経過観察は必要だっただろう」

「心配だったので、ここで皆さんの帰りを待たせてもらいました」

「非合理的な考えだ。ここでお前が待っていたところで、私たちの生存率が上がるわけではない」

ハーレルさんが冷たく言う。

「おい、そんな言い方――」

「ユーリシアさん、待ってください」

ユーリシアさんが文句を言おうとしたけれど、僕は待ってもらった。

ここは僕たちが口を挟むべきではない。

「確かに合理的とは言えません。それでもあなたが帰ってきた時、私は一秒でも早くあなたに会いたかったのです。そして、謝罪をしたかった。あなたを疑ったこと。殺そうとしたこと。許してもらえないのはわかっています。それでも――」

「それが非合理的な考えだと言っている。帰って休むぞ」

そう言ってハーレルさんは居住区の中に入ろうとする。

ハイルさんの表情に影が差した。

そして、ハーレルさんはすれ違いざまに言う。

「息子を許さない父がいるものか」

ハイルさんが涙を流した。


僕たちはその日、ハーレルさんの家に泊めてもらった。

翌日には、アイナさんも第二百五十七居住区に戻ることになったんだけど、最後にユーリシアさんと模擬戦をした。僕とも手合わせをしたいと言ったので、胸を借りるつもりで挑んで、結果一瞬でやられてしまった。

木の槍の穂先《ほさき》を布で何重にも包んでいなかったら、肋骨《ろっこつ》の骨が折れていたかもしれない。

アイナさんはとても不思議そうにしていたが、これが僕の実力だ。

そして、ワイバーンはアイナさんと一緒に暮らすことになった。

リーゼさんが通訳をしたところ、今回の件で人間の恐ろしさを理解したワイバーンは、人間と敵対するよりも、友好関係を結ぶ方がいいと思ったらしい。

その第一歩として、アイナさんとともにハンターとして魔物を狩るそうだ。

まるで絵本の中に登場する竜騎士みたいだよね。

そういうわけで、アイナさんには、お土産として今回倒した魔物のお肉を持てる限り持たせて、ワイバーンとともに帰ってもらった。

アイナさんは「帰ったらお父さんにこってりお説教されそう」と、少し憂鬱そうだったけれど、でもそれも父親の愛情だと思う。

そしてハンターさんたちも、経過観察も終わってすっかり元気になっていた。僕たちにお礼を言って、馬車に置いたままの荷物を持ち、日常生活に戻っている。

第百二十一居住区だけど、今回の件で結界が無事に修復されたため、再び人が住めるように、再度調整を行うことになった。

畑だった場所も荒れ果てて人間が住める環境じゃないので、まずは人員を派遣して整備から始めるらしい。

結界の外とはいえ、ニーチェさんがいるんだ。きっと素敵な居住区に戻ることだろう。

そして、僕たちもこの居住区を去ることになった。

ミレさんともお別れだ。

「ねぇ、クルト。一つお願いがあるんだけど」

「なんですか？」

「私もみんなと一緒に、えっと、旅をしていいかな？」

「え？　どうしてですか？　ミレさん、自分のルーツを探したいって言ってたのに。せっかく第百二十一居住区が誰でも入れるようになるのなら――」

「それは、もういいの。ううん、よくないけど、でもそれより手がかりになりそうなものを見つけたんだ」

ミレさんは空を見上げて言う。

事情はよくわからないけれど、でもこの世界の人の協力があるのはありがたい。

ユーリシアさんたちがいいと言うたら、一緒に来てもらってもいいだろうと思った。

そこで馬車に戻ってみると、リーゼさんが馬車の中にあるものを不思議そうに見ていた。

あれ、ハンターさんの荷物？

「リーゼさん、荷物が残ってるのならハンターギルドに届けてきましょうか？」

「いえ、それが一緒に調査に行ったハンターの皆様は既に荷物を取りに来たのです。そして、その誰もがこれは自分のではないと仰って――当然、ハーレル様やハイルさんのでもありませんでした」

全員が自分の荷物じゃないと主張する鞄？

すると、アクリがユーリシアさんの袖を引っ張って思い出したように言う。

「ユーリママ、それ、オクタールの荷物ではありませんか？　似たような鞄を持っていたと思います」

「なに？　本当か？」

ユーリシアさんはそう言って、躊躇なく鞄を開けた。

オクタールの正体や目的が明らかになるかもしれないという一縷《いちる》の望みにかけたのだろう。

「中に入ってるのは……着替えと非常食と水袋か」

ただ、中から出てきたのは普通の日用品ばかりだ。

特に変わったものは――

「なんだ、これは？」

ユーリシアさんが革製の、二つに折りたたまれている薄い何かを取り出した。

見慣れないものに戸惑う僕たちだったが、その答えはミレさんが持っていた。

この世界で当たり前のように使われている二つ折りの財布らしい。

この世界のお金は長方形の紙だから、僕たちの世界で使われている巾着袋《きんちゃくぶくろ》のようなものではなく、このような細長い財布が使われているんだとか。

ユーリシアさんは納得して財布を広げた。

財布の中には、何枚かのお札と……そしてたくさんのカードが入っていた。

「なんで、こんなにいっぱい冒険者カードが……冒険者カード？」

「冒険者カードって、冒険者ギルドで発行しているあれですわよね？」

それは僕にとっても見慣れたカードだった。

しかし、それを見たことがない人が一人。

「冒険者ギルドってなんなの？　これ、何が書かれているの？」

ミレさんの反応を見ればわかるように、冒険者ギルドはこの世界にはない、僕たちの世界の組織だからだ。

当然、冒険者カードもあるはずがない。

このカードに書かれている文字もまた、僕たちの世界の文字だった。

カードには持ち主の名前も書かれていて、オクタールの名前もある。

つまり、あのオクタールはこの世界の人間ではなく、僕たちの世界の住人であった可能性が非常に高いということだ。

いったい、彼は何者なのか？

あと、ここに書かれている他の冒険者についても調べないといけない。

その答えは冒険者ギルドにあるのかもしれない。

ん？

ユーリシアさんが持っている冒険者カードに書かれている人の名前、どこかで聞いたことがあるような気がするんだけど……どこで聞いたんだったっけ？

でも、冒険者ギルドに聞けばわかるだろう。

そのためには――

「私たちの世界にもう一度戻るしかないな」

「そうなりますわね……はぁ、ミミコさんにどんな顔をして会えばよいのでしょう」

ミミコさんを騙すかたちで僕たちについてきたリーゼさんは、とても気が重い感じでため息をついた。

でも、悪いことをしたのは僕たちだからね。

僕も一緒に怒られるから、ちゃんと謝って許してもらおう。

# エピローグ

直接口の中に入ってくる空気を胸がいっぱいになるまで吸い込んでから、私――ミレは大きく息を吐いた。

この世界に来るのは二度目だ。

空には白い〝雲〟と呼ばれるものが浮かんでいる。

私たちの世界には雲は存在しない。

アクリちゃんが言うには、私たちの世界の水は、蒸発《じょうはつ》すると空に浮かんでいる霧が吸収し、魔素に変換されて取り込まれてしまうそうだ。

私たちが飲んでいる水や川の水なんかは、再びその魔素から生み出されたものだから、雲が生まれるメカニズムが整っていない……とかなんとか？

よくわからないけれど、雲もまたこの世界の美しい景色の一つだと知った。

あの雲、数が増えて黒く色が変わると、雨雲ってものになって空から水を降らせてくれるらしい。

空から水が落ちてくるなんて不思議なこともあるんだなと、私はその雨の日も待ち遠しくなった。

クルトたちはこっちに戻ってくるなり、ミミコさんに連行されて屋敷で説教されている。

×これは、ちょっと変わった少年との出会いから始まる醜い世界の物語だ。
○これは、だいぶ変わった少年との出会いから始まる美しい世界の物語だ。

なんてね。

時間をちょっと貰ったし、どうしよう？

ずっと景色を眺《なが》めているだけでも幸せなんだけど、でも何もしないのも勿体ない気がする。

「ミレさん、よかったら一緒に買い物に行かない？」

「シーナさん。うん、行きたい！　あ、でもこの世界のお金が……」

「大丈夫、お金は預かってるわ。クルトってこの国で一番のお金持ちなのよ？　本人には言えないのが辛いんだけどね」

そうなんだ。

でも、あの美味しい料理や、私のボウガンを作った腕前を見ると納得してしまう。

この工房って呼ばれる建物の本当の主も、実はクルトだっていうし。

「でも、この世界のお金って本当に変わっているわよね。丸い金属がお金になるだなんて。財布も小さい鞄みたいで嵩張るし、シーナさんは不便だって思わない？」

私は貰った銀貨を見て言う。この銀貨一枚が、だいたい千ポートくらいの価値があるらしい。

銅貨が一枚十ポート。だいたい、この銅貨と銀貨が一般的に使われるお金。

私が貰った財布の中には、その銀貨と銅貨が百枚単位で入っている。

これだけでも、ポートに換算《かんさん》すれば金庫を見つける前の私の全財産を上回っているのに、クルトの資産は金貨何十万枚とも何百万枚とも言えるらしい。

シーナさんも正確な数字は把握していないそうだ。

「そう？　私は紙がお金になるって聞いた時は不思議に思ったけど……それで、何を買いに行く？」

「そうね、この世界の料理も気になるけど、アクセサリーとかの装飾品も見たいわね」

「ふふ、安心した。違う世界の人間でも、やっぱり女の子って同じなんだ。じゃあ、私の行きつけの店に行きましょ！　服も興味があるわよね？　古着じゃなくてオーダーメイドで仕立ててくれる店もあるわよ」

「服？　見たいわ！」

異世界の服って興味があったのよね。

特にリーゼさんの服ってかわいかった。

私に似合わないのはわかっているけれど、試着くらいしてみたいと思った。

しかしシーナさんと二人で屋敷を出ようとした時、見知った顔の人が私たちを呼び止めた。

「……ミレ殿でござったな。少々よいでござろうか？」

そう言って彼は――

◇　◆　◇　◆　◇

僕――クルトはかれこれ三時間、ミミコさんに説教されていた。

こんなに怒られるのは久しぶりな気がする。ゴルノヴァさんからもここまで怒られなかった。

「クルトちゃん、聞いてるの？」

「はい、聞いています。ごめんなさい」

箱の中に隠れて旧世界に行ったリーゼさんや、共謀《きょうぼう》したユーリシアさんはもちろん、僕やアクリに対しても、ミミコさんのお説教が行われている。

リーゼさんが勝手についてきた時、説得して連れ戻すこともできたのに、なんで一緒に行くことを認めたのかってことだ。これればかりはミミコさんの言う通りだと思う。

しかしその説教も、ようやく終わりを迎えようとしている。

「それで、そのオクタールってのがこの世界の冒険者の可能性があるわけね……オクタール、どこかで聞いたような名前だけど」

「オクタールだけじゃないぞ。他にも関わってそうな奴の冒険者カードがある」

「他にもって、こんなに？」

ミミコさんは冒険者カードを見た。

一枚一枚確認し、一枚のカードを見て動きを止めた。

「これって……もしかして――」

そう呟いたミミコさんは、何かに気付いたように他のカードも調べる。

「これも、これも……やっぱり」

「ミミコ、どうした？　お前の知ってる奴なのか？」

「うん、私――というかファントムが一度捕まえた男のものかもしれないわ。クルトちゃん、紙とペンを用意するから、その男の似顔絵を描いてくれる？　あと、誰かカンスちゃんとシーナちゃん、それにダンゾウちゃんを呼んできて。急いで」

なんで『サクラ』の三人を呼びに行かせたのかわからないけれど、僕は言われた通りにオクタールの似顔絵を描く。

描き終わると、すぐにカンスさんがやってきた。ちょうど僕たちの説教時間が長すぎるから心配になって、部屋の外で待っていたらしい。

「お呼びですか――ん？　クルト、その似顔絵……なんでそいつの顔なんて描いてるんだ？　そもそもクルトってこいつと会ったことあったか？　ってことが気にならないくらいめっちゃうまいな……」

カンスさんは僕の描いている似顔絵を見て不思議そうに尋ねた。

僕の描く絵なんて、記憶の中のものを覚えているまま描き写しているだけだから、全然うまいと

は思わないけれど。

「カンスさん、この人を知っているんですか？」

「知ってるもなにも、こいつは俺たちの元パーティメンバーで、運び屋をしていたビビノッケだよ。前に話しただろ？」

ビビノッケさん？

確かにあの大量の冒険者カードの中にも、その名前があった。

その時は少し引っかかっていたんだけど、何に引っかかったのかは思い出せなかったんだよね。

確か、アイアンゴーレムを採掘するために洞窟に向かった時、体調を崩して一緒に行けなかった運び屋さんの名前だ。仕事ができない彼の代わりに僕が運び屋として同行したんだった。

……ってことは、オクタールの正体はビビノッケさん？

驚く間もなく、ファントムがシーナさんを連れてきた。

そして、そのシーナさんが、頭から血を流している。

「何があったの!?」

ミミコさんが驚いて言ったが、シーナさんはそれには答えず、僕を見つけるとうわ言のように言った。

「クルト……ごめん……」

「シーナさん、薬――すぐに薬を出します」

謝っている理由がわからないが、すぐに傷の手当をしないと。

命に別状はないとわかっていても、痛くないわけがない。

そう思ってマジックバッグの中に入れた僕の腕を、ファントムに抱えられたままのシーナさんが掴む。

彼女は悲痛な眼で僕に訴えかけた。

「クルト……ミレが攫われた……」

「ミレさんがっ!? 誰にっ!?」

ミレさんが旧世界の人間だと知って、何らかの目的のために攫ったのだろうか？

でも、ファントムのみんなが警備をしている中で、簡単に外部の人間が近付けるとは思えない。

すると、シーナさんが意外な犯人の名前を告げる。

「……ダンゾウ……ダンゾウが私を気絶させて、ミレを……」

そう言ってシーナさんは意識を手放して目を閉じた。

え!?

オクタールさんの正体が、元サクラのメンバーのビビノッケさんで、ダンゾウさんがミレさんを攫った!?

いったい、何がどうなっているの？

勘違いの工房主《アトリエマイスター》
英雄パーティの元雑用係が、実は戦闘以外がSSSランクだったというよくある話
1~5
原作 時野洋輔
漫画 古川奈春
人助けしただけなのに…
規格外の少年が世界を振り回す!?
英雄パーティの雑用係・クルトは、ある日「スライムも倒せない役立たずだから」とパーティを追い出されてしまう。測定の結果、戦闘の適性はゼロ。冒険者業は絶望的……。日銭を稼ぐため様々な仕事を手伝うが、そこで彼は採掘に料理に建築——あらゆる分野で人間業とは思えない驚異の才能を発揮する! 国の最高技術者、「工房主《アトリエマイスター》」にも匹敵するその才覚にまわりは圧倒されるが、肝心のクルト本人にはその自覚がなくて——!?
勘違いの工房主 5
原作 時野洋輔
50万部
魔族襲来の窮地を竜と大逆転!?
大好評発売中!
◎B6判 ◎各定価:748円(10%税込)
Webにて好評連載中!
アルファポリス 漫画
検索

月が導く異世界道中
Tsukiga Michibiku Isekai Dochu
あずみ圭
Azumi Kei
1~18
8.5
シリーズ累計
350万部
（電子含む）
の超人気作!
TVアニメ 第2期
2024年1月から
2クール
放送決定!
異世界へと召喚された平凡な高校生、深澄真。彼は女神に「顔が不細工」と罵られ、問答無用で最果ての荒野に飛ばされてしまう。人の温もりを求めて彷徨う真だが、仲間になった美女達は、元竜と元蜘蛛!?　とことん不運、されどチートな真の異世界珍道中が始まった!
2期までに
原作シリーズもチェック!
●各定価：1320円（10%税込）
●illustration：マツモトミツアキ
1~18巻好評発売中!!
漫画：木野コトラ
●各定価：748円（10%税込）●B6判
コミックス1~12巻好評発売中!!

1×∞《ワンバイエイト》
経験値1でレベルアップする俺は、
最速で異世界最強になりました!
1~2
著 マツヤマユタカ
Yutaka Matsuyama
異世界生活《アウトドア》
満喫中!!

1×∞ ワンバイエイト 経験値1でレベルアップする俺は、最速で異世界最強になりました!
マツヤマユタカ
即座に上達!
2
逃走中でも、異世界ライフを堪能します!
コミカライズ企画進行中!

この作品に対する皆様のご意見・ご感想をお待ちしております。
おハガキ・お手紙は以下の宛先にお送りください。

【宛先】
〒150-6008 東京都渋谷区恵比寿4-20-3 恵比寿ｶﾞｰﾃﾞﾝﾌﾟﾚｲｽﾀﾜｰ 8F
（株）アルファポリス　書籍感想係

メールフォームでのご意見・ご感想は右のＱＲコードから、
あるいは以下のワードで検索をかけてください。

アルファポリス　書籍の感想　検索

ご感想はこちらから

本書はWebサイト「アルファポリス」（https://www.alphapolis.co.jp/）に投稿されたものを、改題・改稿のうえ、書籍化したものです。

勘違《かんちが》いの工房主《アトリエマイスター》 10
〜英雄《えいゆう》パーティの元雑用係《もとざつようがかり》が、実《じつ》は戦闘《せんとう》以外《いがい》がＳＳＳランクだったというよくある話《はなし》〜

時野洋輔（ときのようすけ）

2023年　8月 31日初版発行

編集ー村上達哉・芦田尚
編集長ー太田鉄平
発行者ー梶本雄介
発行所ー株式会社アルファポリス
〒150-6008 東京都渋谷区恵比寿4-20-3 恵比寿ｶﾞｰﾃﾞﾝﾌﾟﾚｲｽﾀﾜｰ8F
TEL 03-6277-1601（営業）　03-6277-1602（編集）
URL https://www.alphapolis.co.jp/
発売元ー株式会社星雲社（共同出版社・流通責任出版社）
〒112-0005 東京都文京区水道1-3-30
TEL 03-3868-3275
装丁・本文イラストーゾウノセ（http://zounose.jugem.jp/）
装丁デザインーAFTERGLOW
印刷ー図書印刷株式会社

価格はカバーに表示されてあります。
落丁乱丁の場合はアルファポリスまでご連絡ください。
送料は小社負担でお取り替えします。

ISBN978-4-434-32488-8 C0093